大考國文寶典

解答本

壹、大考趨勢

貳、閱讀攻略

參、解題聚焦

壹、大考趨勢

一、圖表判讀

(一) 表格解讀（第10頁到第13頁）

1. 答案：(D)。

   先大略檢核圖表：級別由一至五，分別是健康→輕度→中度至重度→重度→瀕危，病人狀態則依級別而有不同的具體描述，麻醉死亡率亦依級別而遞增。

   (A) 依據表格，第 1 級的死亡率為 0.06 ～ 0.08%，第 2 級是 0.27 ～ 0.4%，綜合而言，死亡率約為 0.06% 至 0.4%，敘述無誤。雖然死亡機率非常低，但仍然有風險。選項正確。

   (B) 由表格的「病人狀態」中可看到第 3、4 級的患者確實皆有「全身性疾病」：分別是「中度至重度」與「重度」，且皆伴隨「功能障礙」：分別是「部分功能障礙」與「具有相當程度的功能障礙，且時常危及生命」。選項敘述正確。

   (C) 由「死亡率」可看到第 5 級為 9.4 ～ 51%，確實高達二分之一。由「病人狀態」中「無論是否接受手術治療，預期在 24 小時內死亡」可知，無論是否開刀，都可能在一天之內結束生命。選項正確。

   (D) 表格級別從第 1 級到第 5 級，由輕而重依序排列，死亡率亦隨級別由低而高。若死亡率「由高而低」，依序應為「5 至 1 級」。

2. 答案：(C)。

   (A) 依據表格，「爾」字在《論語》中用於「上對下」的有 81%，但在《孟子》中僅有 6.3%，反而是用於「對象不明或其他情境」高達 93.7%，故敘述為非。

   (B) 「吾」字在《論語》中「上對下」高達 77.9%，「下對上」僅 3.5%；而《孟子》中「上對下」亦有 45.1%，「下對上」僅占 7.4%。綜合而言，「下對上」以

「吾」來稱呼自己並非習慣用法，可見不是較有禮貌的稱呼。

   (C) 《論語》的「爾」字高達 81% 用於「上對下」，「下對上」0%；「子」字高達 76% 用於「下對上」，「上對下」0%。可見這兩個字的尊卑關係非常明確，敘述無誤。

   (D) 從數據來看，《論語》到《孟子》，「爾」和「子」的使用情境相差較多，變化比「吾」字的使用更顯著。

☆ 3-4：依規則「最先將手中的牌出盡者為冠軍」，但「下家皆須按上家的牌型出牌」。牌型有一張牌、兩張牌（兩張描述同一人）、三張牌（三張描述同一人），各家按該輪牌型依序出牌，最大牌號的勝出；勝家才有下一輪攻牌權。因此要勝出，必須盡可能取得攻牌權，並一次清出二或三張牌。牌號 42：由「天亡非戰罪」、「末路英雄」、「虞（姬）同死」可知為項羽。43：由「亭長還鄉作天子」、「沛宮」可知為劉邦。66：由「大風歌」、「戚夫人」（劉邦愛妃）、高皇（漢高祖）可知為劉邦。98：由「七十衰翁」、「勸鴻門殺漢王」可知是范增。99：由「隔岸故鄉歸不得」（無顏見江東父老）、「拔山」（力拔山兮氣蓋世）可知是項羽。

3. 答案：(A)。

   可出牌型需為同一人，可出 42+99，皆為項羽；或 43+66，皆為劉邦。選項 (A) 可行。

4. 答案：(C)。

   上一家出 55，想取得下一輪攻牌權要出最大號牌。99最大，但可與 42 搭配（皆項羽）一次出兩張；次大為 98，且為單一牌。因 99 已在手中，可知出 98 已足以取得下一輪攻牌權。故先出 98，取得攻牌權後次輪出 42+99；依然可再取得攻牌權，最後再出 43+66，則牌出盡得勝。答案為 (C)。

5. 答案：(B)。

   綜合甲表和乙圖，可推算出各國作品得獎比例是否與投稿比例一致。從得獎比例來看，印尼作品得獎六件，占 2/3；菲律賓得獎兩件，占 2/9；越南一件得獎，占

1/9。而投稿總數 312，印尼 131/312，約占 1/3，菲律賓 104/312，約占 1/3，越南 69/312，約占 1/5，二者比例不同，故①錯誤。②就甲表篇名來看，有「車」、「紅彈珠」、「信」、「龍舟」、「代步機」等物件，可推知獲獎作者大多透過具體物象展開敘寫。③從乙圖只能看出各國移工的投稿比例，實際來臺的移工數量無法判斷。故 (B) 為正解。

6. **答案：(A)。**
   (A) 對照甲表可知，丙文作者來自印尼。綜合丙文「雇主對我做的決定感到驚訝」、「這個月便是我工作的最後一個月」等訊息，可判知作者準備解約離開臺灣，返回印尼。由「我知道我在臺灣所賺的錢，不能保證我家人的未來會好好的」、「就如珠所說的，若有上帝的照顧，我還擔心什麼呢？」可知作者相信天無絕人之路。
   (B) 由「我們可以以遊客身分再回臺灣」可知珠想邀請作者再回臺灣，並非到她家鄉遊玩。
   (C) 由「珠以大笑回答我的玩笑」可知「搭龍舟回去」是玩笑，並非表達「無力買機票」的辛酸。
   (D) 由「我想，如果不是珠也知道那諺語的道理，她一定會繼續留在臺灣」、「她選擇回國，對未來仍然存在著許多問號」等句，可知珠跟作者同樣都要離開臺灣，且珠知道那諺語的道理。再由末句「她一定也跟我有相同的體會」可證，作者並非不讓珠為難，而是知道珠已充分了解諺語的道理，才打消念頭。

7. **答案：(D)。**
   文中提到「我想，如果不是珠也知道那諺語的道理，她一定會繼續留在臺灣。事實上，她選擇回國，對未來仍然存在許多問號，但……」，可見珠知道那句諺語的道理，即使對未來存在許多問號，還是決定離開臺灣、回到家鄉，可推知諺語應該與家鄉的眷戀有關，故答案為 (D)。

(二) 圖文轉換（第15頁）

1. **答案：(C)。**
   (A) 甲圖有菊、有籬，亦可見畫中人身攜竹杖、抬頭看山。
   (B) 乙圖可見畫中人飢餓難耐至流淚，想著滿滿一碗白米飯，而桌上僅有一只空碗，可見畫中人對貧困的環境無法安逸自得，可說顛覆了清貧自守的形象。
   (C) 甲圖描繪看山的畫面，難以從中看出與「功成不居」的連結。乙圖可知乃因窮愁潦倒而流淚，並非「樂極生悲」。
   (D) 甲圖站在竹籬菊花旁，抬頭看遠山，可理解為偏於「精神面」。乙圖畫出無飯可吃的窘境，可理解為「物質面」。

2. **答案：(B)(C)(E)。**
   「持槍」是危險，而「持菸」的手勢與「持槍」相似，同理可證，也是危險的。
   (A) 此二句為「互文」，兩者並無類比關係。完整句式為：無論「居廟堂之高」還是「處江湖之遠」，都會「憂其民」、「憂其君」。
   (B) 本句重點在強調「士不產於秦，而願忠者眾」。前文論述提到「不產於秦」的許多「色樂珠玉」，是品質優良而讓人喜愛的；同理可證，「不產於秦」的諸位「士人」，亦是品質優良而願意為秦國效忠的。
   (C) 本句重點在強調「積德義」，先以「欲流之遠者，必浚其泉源」為譬喻，說明想要水能流得長遠，一定要疏通它的源頭。同理可證：想要國家安定，國君一定要蓄積道德仁義。「德義」就像水流的源頭一樣，是治國安國的基礎、根源。
   (D) 選項描述大同世界的經濟概況，前句從「貨」的角度說明資源應物盡其用，後句從「力」的角度談人盡其才，兩者為並列句式，無類比關係。
   (E) 本句強調亂世之中必定仍有高潔之士。就像「松柏後凋於歲寒，雞鳴不已於風雨」，歲寒、風雨都是惡劣的環境，但松柏依然挺立，而雄雞按時報曉。

同理可證，「彼眾昏之日」，也會有「獨醒之人」。

二、情境應用

(一) 生活情境

範例 1 （第17頁到第18頁）

1. 答案：(A)。

由首句可知「滁州琅琊山之得名」與司馬伷、司馬睿有關。「司馬伷是司馬懿之子」以下，補述琅琊山與司馬伷的關係；「司馬睿是司馬伷之孫」以下，補述琅琊山與司馬睿的關係。其後得出「二人皆與六朝都城金陵關係密切」的結論，以下敘說《琅琊榜》中的「琅琊閣」攪動金陵風雲。故 (A) 為正解。

(B)「琅琊閣」是小說、電視劇所虛構的組織，並非晉代實有之建築。

(C)「琅琊王」司馬伷接受東吳投降，另一位「琅琊王」司馬睿重建東晉，但據點皆非琅琊山。

(D)「攪動風雲」指琅琊閣對金陵政局影響甚大，並非在金陵為亂。

2. 答案：(C)。

本題要求推斷「貞觀覺得好笑的原因」，而文章主要敘述「他」寄來了書，又加以註解。因此答案需從書本內容、「他」加註的話來推敲。《長生殿》是清代傳奇，搬演唐明皇與楊貴妃的情愛故事，而註解：「經過敬謹、隆重而又光明正大的婚禮之後，才去親愛她，是禮的真義」也提到「親愛她」，綜合二者，都與愛情有關，可知是「他」的含蓄表白，故 (C) 為正解。

(A) 重點不在結婚生子。

(B) 重點不在婚禮場面是否盛大。

(D)「他」對古文的詮釋並無謬誤，只是註解時融合了親身遭遇與感想。

3. 答案：(B)。

「害人之心不可有，防人之心不可無」意指我們不該害人，但要提防被人所害；「寧受人之欺，毋逆人之詐」意指寧可自己被騙，但不要存疑之時就拆穿別人可能的騙局。前句是勸誡那些疏於防範、缺乏戒心的人；後句則是勸誡那些過於警覺、疑神疑鬼的人。綜合二者，在提醒我們要小心謹慎，預防危險，但也要敞開心胸，不要過度懷疑他人，最符合的敘述為 (B)。

4. 答案：(A)(D)。

(A) 還沒喝醉之前，不知酒的濃淡與否；親身喝醉之後，才了解酒的濃烈。不曾付出感情去愛人，不知道愛情是什麼滋味；親身愛過之後，才知道真心付出的感情，是多麼刻骨銘心、多麼有分量。「醉過」、「愛過」是親身經歷，「才知酒濃」、「才知情重」表示認知改變。

(B) 以「一行絕句」描寫樹的生長之美，充滿詩意，但並無「體會後改變認知」的歷程。

(C) 以陽光照射桌面的細節，帶出時間悄然流逝的痕跡，但並無「體會後改變認知」的歷程。

(D) 小孩可以騎著單車本是理所當然，但經歷重病才會察覺原來活著、可以輕鬆愉快地騎著單車是多麼大的喜悅。「重重的／病後」是親身經歷，感知到「生的喜悅」表示認知改變。

(E) 以「古老的劍鞘」比喻小徑，以「銹」比喻小徑上的青苔，我來回行走，便將青苔拂去，並無「體會後改變認知」的歷程。

範例 2 （第19頁到第20頁）

1. 答案：(D)

標題：烏有大學文學院「首位」院長是「外國人」，意謂這位外國人是成立五十年來第一位院長。但內容則說，這位外國人是「首位外國籍」院長，強調他是諸位院長之中的第一位外國人，二者不一致。

2. 答案：(D)。

「謝啟」，即「鳴謝啟事」，是指受人恩惠或慶賀後，公開陳述表達謝意的啟事，通常刊載於報紙、刊物或在電視、廣播中播出，或張貼於通衢中。第一個空格後稱亡者「張公 諱光明府君」，為男性，可選出 (B)(D)。哀啟類文件，請對方鑒察、理

解，通常會用「矜」字，故 (D) 為正解。

3. 答案：(C)。
(A) 直接致歉即可，隨意詢問對方姓名反而是冒犯。
(B) 寫信給師長時，署名應寫正式名字，不宜用小名、暱稱。
(D) 信封上應書寫完整地址，掛號信件還應加上寄信人姓名、電話，以利郵務作業，對於收信人也是應有禮儀。

4. 答案：(A)(B)(D)(E)。
(A)(B)「弄璋」、「夢熊」指生兒子，「弄瓦」、「夢虺」為生女兒。出自《詩經·小雅·斯干》：「大人占之：維熊維羆，男子之祥；維虺維蛇，女子之祥。乃生男子，載寢之床，載衣之裳，載弄之璋，其泣喤喤。……乃生女子，載寢之地，載衣之裼，載弄之瓦。」。
(C)「彤管流芳」為女喪輓辭，用於演奏會的花籃不當，「很好啊」的回答不正確。
(D)「餘音繞梁」形容音樂美妙感人，餘味不絕，用於演奏會花籃十分適宜。
(E)「珠聯璧合」、「百年好合」皆可用於祝賀新婚。

(二) 學術探究（第23頁到第27頁）

1. 答案：(C)。
本文說明《宣和遺事》串連的水滸故事，一是行俠仗義，二是抵抗官府，故事來源跨宋、元、明，而說書人將這些材料都編織到宣和年間，因此北宋史書才會查不到有關史料。
(A) 由「說書人把這些故事都編織到北宋（徽宗）宣和年間去」可知，這些水滸故事是由說書人串連起來的，並非史料，不可能用以彌補北宋史書。
(B) 由「《宣和遺事》一書把許多零散的水滸故事編綴起來，成為《水滸傳》的雛形」可知，《宣和遺事》才是《水滸傳》的底本。
(C) 由「這些故事並非產生於同一時間，而是宋代、元代、明代都有」、「說書人把這些故事都編織到北宋宣和年間去」可知水滸故事跨越不同時代，

且由各時代的說書人匯集而成。
(D) 無論「行俠仗義，濟困扶危」或「上山落草，反抗政府」，都是說書人編綴的「故事」，並非「史事」。

2. 答案：(C)(E)。
(A) 若要用「被」把施動者（動作的發出者）引出，則施動者也要加於動詞前，如「被人騙」，不可置於動詞之後。
(B) 由「『見』在動詞前只能表被動，若要引出施動者，動詞之後還需有『於』」可知，「見」加在動詞前可直接表示被動，但若要引出被動者，則必須在動詞後加上「於」字，不可直接將施動者加在動詞前。若要用「為」字表示被動，則可直接將施動者加在動詞前，如「為天下笑」。
(C)「見」字不可直接將施動者加在動詞前，但可用「於」字帶出施動者，如「困於周郎」。
(D)「為」在動詞之前，可用以引出施動者，如「為天下笑」；亦可將施動者省略，如「使身死而為刑戮」；也可和「所」合成表被動，如「時為桃花所戀」，這種「為所……」的句式，也可將「為」後的施動者省略，如「若屬皆且為所虜」。因此，「為」後的施動者若省略，除了「為……所」式，亦可直接省略，敘述有誤。
(E)「為」出現在被動句被動句中，施動者可出現，如「為天下笑」，亦可將施動者省略，如「使身死而為刑戮」、「若屬皆且為所虜」。而「被」出現在被動句中，施動者可出現，如「被人騙」，亦可省略，如「被騙」。選項敘述正確。

3. 答案：(A)(B)(C)。
(A) 第二段描述賈寶玉「靈奇乖僻，完全處於傳統法度之外；其耽情溺色，更使天下視之若魔」，再以「被幽禁於傳統文化心靈深處的禁忌與壓抑之大解放」總結，故世人以「混世魔王」稱之。由「完全處於傳統法度之外」、

「使天下視之若魔」可知賈寶玉不見容於世，由「禁忌與壓抑之大解放」可知，這種解放的力量意味著不願受拘束的反抗。選項敘述正確。

(B) 由「在有法之天下中，有情之天下只能成其為夢，以寄諸於筆墨之間」可知，「情」只能存在夢中，現實裡不被法所容。選項敘述正確。

(C) 由「以這個踽踽於洪荒的第一畸零人，來傳達他對生命的孤奇領悟」可知作者創作賈寶玉的畸零的姿態，隱含對人生的幽獨懷抱。選項敘述正確。

(D) 由第三段後半可知，賈寶玉的「畸零的姿態」，是對「情」的誇張強調、壓抑與反抗，然而「在有法之天下中，有情之天下只能成其為夢」。因此，賈寶玉的耽情溺色並不是病，「為魔為怪，為病為痴」，顯示的是正統禮法對「情」的限制與約束。

(E) 由「透過神話與寓言的層層架構，創造了一個開天闢地的頑癡情種賈寶玉」可知，作者是以神話寓言為包裝，傳達在現實社會壓力下對生命孤奇的領悟。

4. 答案：(B)(C)(D)。

本文說明魏晉文人因為遭逢戰亂、瘟疫，因而對世俗的價值與信仰感到懷疑，意識到生命的微小、渺茫，因此更加努力探索個人生命存在的意義，並在所作詩篇中凸顯了獨特的美感。

(A) 由「生命無常、人生易老本是古往今來一個普遍命題」可知，魏晉詩篇並非首開其端，而是同樣對這一「永恆命題」發出的詠嘆。

(B) 由「如何有意義地自覺地充分把握住這短促而多苦難的人生，使之更為豐富滿足」等敘述可知，魏晉詩人處於「戰禍不已，疾疫流行，死亡枕藉」、「榮華富貴，頃刻喪落」的時代，更能感受生命的短暫與脆弱。

(C) 由「生命無常、人生易老本是古往今來一個普遍命題，魏晉詩篇中這一永恆命題的詠嘆之所以具有如此感人的

審美魅力而千古傳誦」可知，魏晉詩篇的魅力在於對「生命無常、人生易老」的詠嘆。他們的詠嘆在於即使自知生命微渺，「短促而多苦難」，仍積極地想要「使之更為豐富滿足」。

(D) 由於「榮華富貴，頃刻喪落」，而「既定的傳統、事物、功業、學問、信仰又並不怎麼可信可靠」，魏晉詩人無法再以外在的功名事業肯定自己，因而「個人存在的意義和價值就突出出來了」。

(E) 「既定的傳統、……信仰」不再「可信可靠」，因此魏晉詩人質疑傳統標準與信仰，並致力探求「個人存在的意義和價值」，重新發現、思索，即是建立「新的存在價值」，並未因此「流於荒誕頹廢」。

☆ 5-6：本文就「封神」二字，對《封神演義》的故事進行探究。由於人類與神界的時間不同，世間的興亡（商亡、周興）與諸神的封神各自展開，然而地面最後的戰爭結果，其實早在諸神的「封神榜」中議定了。人世間腥風血雨、成王敗寇，在神界卻只是諸神的吸納與融合。

5. 答案：(A)

(A) 朝代的更迭、君王的興替，上天早已決定，並非人力所能改變，出自《封神演義》‧第三三回：「三分天下，周土已得二分，可見天命有歸，豈是人力。」從諸神的時間來看，生死只是人類時間的形體切換。由「最後的結果早已在冥冥中被決定，整場戰爭是應著封神協議的大方向而生的微細現象」可知，商紂引起的人間戰爭只不過是榜上諸神的歷劫，不管是「無知被捲入」或「已知、想避卻避不開」，諸神的任務與封號，在封神榜上已然注定，不會更動。故此為最適當的敘述。

(B) 可惜漢文帝召見賈誼，聊到半夜還興致勃勃地移前而坐，竟是討論鬼神之事，並非關心百姓。說明帝王只在意

個人禍福，無心於天下蒼生，人臣施政惠民的企圖與努力，終究都只是徒勞。本詩為李商隱〈賈生〉，詩中的「鬼神」與上文的「封神」一事無關。

(C) 要做好一件事，名分不正當，道理就講不通；道理講不通，事情就做不好。這段文字是孔子政治思想中對「正名分」的強調，出自《論語‧子路》。上文諸神的封號與任務是「吸納與融合的過程」，與名分無關。

(D) 過去一切都已消逝，新的開始有無限可能，故應把握當下，珍惜能夠重新來過的機會，出自袁了凡《了凡四訓》。此處「生、死」意謂今日可以把握與過去無可改變，上文則指人在世間的壽夭，二者不同。

6. 答案：(A)

解析：缺空處之前提及「人世或許還是有成王敗寇的邏輯，神界卻不是。封神臺上，戰爭中死去的魂靈們再度聚集，不論生前是助周的、還是助商的，榜上有名者都被封神」，之後又以「戰爭不是殲滅對手，而是吸納與融合的過程」作結，可知所謂的「封神」無關人間的勝負成敗，只是藉由戰爭重新吸納與融合，故正答為 (A)。

(B) 意謂冷眼旁觀他人的成功、失敗而不參與。封神榜上，諸神的封號與任務決定了世間戰爭的成敗，並非不參與。

(C) 意謂很快地產生，又很快地幻滅。因為有輪迴，諸神的時間遠遠超越人間，故不可能幻滅。

(D) 意謂天下太平無事，出自《後漢書》。「封神」藉由人間的戰爭來實現，故不可能太平無事。

☆ 7-10：本文首句先總說王羲之兼有參與賦詩與事後作序兩種書寫身分，接著論述〈蘭亭集序〉前半先就第一種身分鋪陳修禊本事且推闡人生情境，並比較〈蘭亭序〉與〈蘭亭詩〉的內容，將當日之樂事擴展成「不知老之將至」的生命觀照。第二段說明序文後半改由第二種身分發言，因當日的快然自足已成過往，王羲之在歡樂難

駐的同時，也體認到留歡之人本身亦是「終期於盡」，更進一步發出「死生亦大」的喟嘆。再下一段，作者推出臨文閱覽能超越「世殊事異」的表象，探求王羲之創作此文的動機。最後則回歸前文，收束王羲之兼有作者與讀者兩種身分鋪展開來的生命悲喜。

7. 答案：(C)。

〈蘭亭序〉前半，王羲之先以「修禊賦詩」的參與者憶述，闡發「不知老之將至」的歡快體驗。序文後半，則改由「事過境遷、讀者閱覽」的角度發言，彼時僅能重覽「徒留的字跡詩痕」，緬懷昔日樂事。然而在「情隨事遷」的狀態下，王羲之意識到「歡樂難駐」，更進一步體認：連想要留駐這些歡樂的人，本身也是「終期於盡」、無法永生的，因而感嘆「死生亦大」的終極沉痛，故答案為 (C)。

8. 答案：(B)。

由第一段「〈蘭亭序〉前半，先以作詩者角度，憶述行禊本事並推闡人生情境，意旨與《蘭亭詩》若合符節」可推知，二者皆包含「追述修禊當日的可賞可樂」。由第二段「序文後半，則換由事過境遷、讀者閱覽的角度發言，意旨與《蘭亭詩》對反」可知，二者在此分歧：《蘭亭詩》在遊春之後，「帶出玄心遠想，乃至齊彭殤、達至樂」，且其興感之由正是「緣於死滅焦慮所激發的長（永）生渴慕」，「抒發不別死生的玄心遠想」、「表達對於長生久視的渴望」，書寫了「遊心玄同」的至樂；而〈蘭亭序〉感嘆「死生亦大」，否定「一死生、齊彭殤」，亦即否定了「不別死生的玄心遠想」、「長生久視的渴望」，接受常人「計較彭殤、在乎生死的常情本性」，體切生命的真實悲喜。然而，透過「臨文閱覽」，他更體會到這些感慨貫通古今，因而「照見古今創作緣由的契合」。綜上所言，關於《蘭亭詩》的敘述，(A)(B)(D) 符合；關於〈蘭亭序〉的敘述，(B)(C) 符合。故答案為 (B)。

9. 答案：(B)

由「後之視今猶今之視昔」、「貫通古今」、「探及古今『其致一也』的創作動機」等線索，可推知王羲之應是將「臨文閱覽」的種種感懷置於「時間」之中考察。

10. 答案：(A)

蘭亭詩人的方案是「遊心玄同」、「齊彭殤、混萬殊」的「至樂」，而王羲之的態度則是「計較彭殤、在乎生死」的「常情本性」，在「達」與「不達」之間，「既不因一時陶然而從此忘我出世，亦不因現實悲涼而一味悵惘逃避，願意直接嚐受一切並加以回應」，故為「正視悅生惡死的人性」，也接納並領受「悲欣交集的人生」。

☆ 11-12：從篇名可知本文記錄唐代文人的文學成就。就內容來看，這段文字評論了李白與杜甫的詩作表現，並對兩人才華與際遇之間的落差提出觀察、表達慨歎。作者認為李、杜的詩文震動當代、兼有眾長，對後代影響深遠。但兩人都懷才不遇，未能實現政治理想。最後評價兩人作品實為登峰造極的傑作，其他人已難以超越。

11. 答案：(A)。

□□是針對兩人詩歌風格加以概括，杜甫有「詩聖」、「詩史」之稱，詩歌反映時事，風格典雅莊重。李白為「詩仙」，作品輕靈飄逸，幻想奇絕。最符合的是 (A)。

12. 答案：(D)。

(A) 由「惜乎長轡未騁，奇才並屈，竹帛少色，徒列空言」可知，作者認為李白、杜甫都無法施展抱負，委屈了創作的卓越才情，他們的政治見解也成為空言，無法實現。可知他們屬於「能言」者，卻無「能行」的機遇。

(B) 「騷雅之妙」是以《離騷》、《詩經》之名指稱李、杜的文學作品，非單指〈離騷〉，也不是用來說明他們的風格。

(C) 竹帛：簡冊與縑素，古代用以記載文字，引申為史籍典策。由「長轡未騁，奇才並屈，竹帛少色，徒列空言」來看，可知這段話在說明二人抱負未能施展，可推知「竹帛少色」應指二人沒能以政治表現留名，讓史籍失色不少。

(D) 用孟子之言作為譬喻，說明閱讀過李、杜詩作的人已經見識過詩歌最高峰的狀態，無法再閱讀其他表現不夠成熟的作品了，選項敘述正確。

三、跨域跨科

範例 1─科普 （第30頁到第37頁）

1. 答案：(C)

檢索文章訊息可知，早期研究認為蜜蜂會以不同的舞步表達發現花蜜或花粉。但進一步研究則發現：採集食物的地點如果超過一百公尺，無論發現什麼都會跳搖擺舞，可見舞蹈的方式與地點、距離較為相關，(C) 為正答。

(A) 由文本可推知：若食物在一百公尺以內會跳環繞舞，超過一百公尺則是跳搖擺舞，但並未提及二者出現的頻率。

(B) 早期研究認為蜜蜂藉不同舞步表達發現物質的不同，而後來觀察則得知，蜜蜂藉不同舞步暗示蜜源的距離、說明地點，而文末也引用馮・弗里希的感想「似乎太過奇妙，根本不像是真的」，可見蜜蜂可藉不同舞步溝通的說法正確。

(D) 依據文本，蜜蜂藉舞步形式表達採收花粉花蜜的地點，並非儲存地點。

☆ 2-3：本文敘述小行星命名為「陳樹菊」的經過。首先點出小行星正式以「陳樹菊」為名在天空閃耀的時間。次段說明小行星的命名規則：發現並確認後會先有「臨時編號」，待運行軌道參數被精確測定後，便可獲得「永久編號加上名字」，而名字可由發現者自由命名。第三段由臺灣的小行星觀測歷程，帶出幾顆正式命名的小行星。第四段再扣回第一段，說明「陳樹菊小行星」的命名用意。

2. 答案：(D)

本題依題幹要求，從文本中即可檢索出相關訊息。特別要留意題幹為要求選出「不符合」的反面問法。

(A) 由第三段「直到中央大學設立『鹿林天文臺』，臺灣才在 2002 年首度觀測

到新的小行星」、第四段「蕭翔耀為傳遞臺灣美善的人文價值，特別將他在 2008 年 10 月發現的小行星命名為 Chenshuchu（陳樹菊姓名英譯）」可知，蕭翔耀為「陳樹菊」小行星的發現者，而他既為「中央大學天文觀測員」，必然是於「鹿林天文臺」觀測時發現，選項敘述正確。

(B) 末段提及「陳樹菊」小行星在 2008 年 10 月發現，而首段則說明 2018 年 9 月 5 日獲得正式命名，確為歷時十年。

(C) 依次段所敘述的小行星命名規則可知，首段「第 278986 號」為永久編號，由末段「……發現的小行星命名為 Chenshuchu」可知，「Chenshuchu」為小行星的名字。

(D) 由第三段「目前鹿林天文臺已發現 800 多顆、正式命名 90 多顆小行星，如：吳大猷（2008 年）」可知，至少在 2008 年時已有以人名命名並經核可的小行星，因此「陳樹菊」並非臺灣首顆以人名命名的小行星。選項敘述錯誤。

3. 答案：(D)。

(A) 由第二段可知，「臨時編號」是「發現年份加上英文字母」，「永久編號」才是「以小行星發現的順序編號」。

(B) 軌道參數被精確測定後，會獲得「以小行星發現的順序編號」的「永久編號」，加上發現者所命之名為「正式命名」。「發現年份加英文字母」為「臨時編號」，並非「永久編號」。

(C) 發現者所命之名須經「國際天文學聯合會」核准，前半敘述正確。然而文中並未提及命名的限制與標準，且已經核准的「鹿林」、「中大」、「鄒族」並非臺灣特殊貢獻人士，可見並未限用該國特殊貢獻人士之名，選項後半敘述錯誤。

(D) 由第三段「臺灣才在 2002 年首度觀測到新的小行星」、「2007 年，第 145523 號與 145534 號小行星分別命名為『鹿林』、『中大』，成為首度由

臺灣發現並命名的小行星」可知，第 145523 號小行星為臺灣在 2002 年觀測到的小行星之一，且在 2007 年正式命名為鹿林。選項敘述正確。

☆ 4-7：本文第一段敘述玉米的發源地及特性。第二段敘寫歐洲人本來排斥玉米，但因氣候改變而轉為接受。第三段說明玉米在歐洲栽種的區域、傳播路徑以及作為食糧後對歐洲造成的影響。第四段強調玉米作為食糧對歐洲的重要性，羅馬尼亞以玉米和小麥輪種，成為歐洲一大穀倉。最後一段說明玉米作為主食的重要性不若以往，但影響仍在。

4. 答案：(B)。

(A) 由第三段中法國農民稱玉米為「西班牙小麥」可知，玉米先在西班牙成功栽種以後才傳入法國。選項敘述相反。

(B) 由第二段提及歐洲人接納玉米的時間是「1550 年代至 18 世紀」，而多數歐洲人同意英國博物學家蓋瑞德 1597 年發表的意見「比較適合當豬食而不是給人食用」可知，「早年被認為較適合作為動物飼料」的敘述適當。

(C) 由第三段「16 世紀的歐洲有許多地方栽植玉米，但做為廣大地區的主食，大約已是下個世紀後期」可知，16 世紀確有許多地方栽植玉米，但作為主食是 17 世紀後期的事。選項敘述不適當。

(D) 由第四段段末提及羅馬尼亞人「種小麥也種玉米，前者出口，後者自用」可知，羅馬尼亞人同時種植小麥與玉米，但小麥出口，而玉米自用，並未轉為出口。選項敘述不適當。

5. 答案：(A)

(A) 由第三段後半敘述法國、西班牙與義大利的人口增減，並得出「這些地中海區人口的消長，應該和玉米有關」的結論可知，玉米產量愈大，人口數量愈多。選項呈現與上文敘述最符合。

(B) 關於玉米與小麥的訊息有：第一段提及「玉米田單位面積產量幾乎是小麥

田兩倍」；第四段提及羅馬尼亞以「玉米和小麥搭配輪種，成效良好」；最後一段提及奧拉撒奇的窮困農民「僅有的幾畝地，也是種玉米而非小麥」，但並未提及二者產量的關係。而選項呈現玉米產量愈大、小麥產量愈多，與上文敘述不符。

(C) 由第一段「在稻米嫌太乾或小麥嫌太濕的區域，皆有良好收成」可知，玉米生長在比小麥濕、比稻米乾的區域，故種植玉米亦需限制一定的雨量，並非雨量愈多、產量愈大。選項呈現與上文敘述不符。

(D) 本文提及種植玉米的地區有西班牙、義大利、羅馬尼亞、法國南部與墨西哥，而第四段則說「玉米對東南歐的重要性更勝於西南歐」，可見種植玉米應需限制一定的溫度，並非氣溫愈高、產量愈大。選項呈現與上文敘述不符。

6. 答案：(B)
由第一段「玉米是印地安人送給世界的禮物」、「歐洲人初抵美洲之際，那裡已有各型玉米作物」可知，在歐洲人抵達美洲新大陸之前，美洲當地已有玉米，再由第四段「玉米及其他美洲作物如馬鈴薯、美國南瓜的栽種也逐漸擴張」，可見馬鈴薯原本亦產於美洲，當歐洲人來到美洲新大陸之後，才將它們引進歐洲，再經過一段時間才成為歐洲人餐桌上的食物。故「甲、新大陸發現之前，歐洲人的餐桌上不會有玉米、馬鈴薯」的推斷正確。由最後一段「奧拉撒奇農家菜園裡那一畦畦的青椒、番茄、四季豆、美國南瓜，應該會讓印地安老兄備感親切」可知，青椒、番茄、四季豆原本就產自美洲，故「乙、新大陸發現之後，美洲才開始種植青椒、番茄、四季豆」的推斷錯誤。答案為 (B)。

7. 答案：(B)
本題要推測「奧拉撒奇當地比較窮困的農民還是吃玉米而非小麥做的麵包，他們僅有的幾畝地，也是種玉米而非小麥」的理由。第一段提及「玉米田單位面積產量幾

乎是小麥田兩倍」、「短短一個生長季就能提供大量碳水化合物和脂肪」可知，相較小麥，玉米的產量更大。而第三段敘述法國、西班牙與義大利等地的玉米產量可影響人口的增減，可見玉米對維繫生命的重要性。而奧拉撒奇的窮困農民「僅有的幾畝地，也是種玉米而非小麥」，可見關鍵在於「玉米產量比小麥高出很多」。選項 (B) 為正確答案。

(A) 文中並未提及玉米是否為塞爾維亞的出口穀類，但由前一句述及「農民還是吃玉米而非小麥做的麵包」可知，他們種玉米而非小麥與此無關。

(C) 文中提及羅馬尼亞將玉米作為主食，小麥用以出口，二者輪種，成效良好，但並未就二者的生長期進一步說明，故奧拉撒奇農民選擇種玉米與此無關。

(D) 文末「應該會讓印地安老兄備感親切」乃是強調遠在東南歐的塞爾維亞有許多原產自美洲的作物，與奧拉撒奇農民選擇種玉米無關。

☆ 8-10：本文敘述闔中人士依烏鴉的習性，設計捕捉牠們的經過，警惕人們不要只看到眼前近利而忽略隱藏的災禍。若自恃聰明才智，卻沒能注意到潛伏的危機，將難以保身避禍。語譯：烏鴉對人最是狡詐，牠們會暗中偵察人類，一旦發現他們的聲音和表情不同於往常，就立刻飛走不多作停留，即使拿出快速的箭、靈巧的彈弓，也沒辦法施展。闔中地方的人對烏鴉的習性非常了解，認為沒有什麼動物是不能依習性抓到牠們的。於是，他們前往郊外，拿出盛著飯的瓦罐、冥紙，在墳墓之間假裝哭泣，看起來就像跟祭拜的人一樣。哭完以後，拋灑冥紙，把飯留下就離開了。烏鴉就爭著飛下來啄食，等牠們吃完，剛剛哭泣的人又站到其他墳墓前面，像先前一樣拋灑冥紙，把飯留下。烏鴉沒有懷疑這是人們的欺騙手法，更努力地鳴叫搶食。這樣重複三、四次以後，全部的烏鴉都跟著人飛了。當烏鴉對人們逐漸親暱，沒有注意到靠近網羅之時，人們就趁此機會把所有的烏鴉網羅捕捉了。如今世人以

為靠著聰明才智足以保全自身，卻不知禍患就在一旁潛藏，又有多少人不會被這些裝哭者出賣呢？

8. 答案：(B)
   (B) 依據前後文可知，人們為了引誘烏鴉上當，故意扮成掃墓者，在墳間號哭。因此哭完之後，才會「裂錢棄飯而去」，假裝拋灑紙錢、把飯留下就離開。並非人們怕遭到烏鴉攻擊而丟下錢和飯。

9. 答案：(D)
   (A) 由「『乍看』牠們的確是毫無紀律地……，但『仔細觀察』會發現，牠們飛到啄食處，離開啄食處，甚至歸巢的行動，都是相當有紀律的」可知，「無組織、無紀律」只是「乍看」之下的印象，經過「仔細觀察」就發現並非如此。選項敘述錯誤。
   (B) 由「臺灣平地甚少看到烏鴉……，但在日本東京、印度孟買等城市，常可見到一群群烏鴉」可知，作者舉日本東京、印度孟買與臺灣相比，並非東京、孟買的烏鴉較有紀律，而是較常見到烏鴉。
   (C) 由「觀察烏鴉的行為，會發現牠比其他『鳥類及猴子、海豚之外』的哺乳類動物高明不少」可知，作者認為烏鴉比其他哺乳類類動物高明；但所謂的「其他哺乳類動物」是「鳥類及猴子、海豚之外」。亦即烏鴉並沒有比鳥類及猴子、海豚聰明，選項敘述有誤。
   (D) 由「烏鴉要取食蛤蜊等貝類時，會先叼起蛤蜊起飛，再從高處將牠丟下，把硬殼撞破」、「若飛得太高，體力消耗太多；飛得太低，又打不開殼，因此必須掌握適當的高度」以及「還必須丟在質地較硬處才有效率」以及「當一隻烏鴉發現適當的地點和合宜的擲落高度時，其他烏鴉馬上起而模仿」可知，烏鴉會探索適當的地點和合宜的擲落高度。

10. 答案：(B)
    (A)(B) 由「今夫世之人，自謂智足以周身，而不知禍藏於所伏者」可知，甲文藉閩人設計捕烏鴉一事，警惕人們不要只看到眼前近利而忽略隱藏的災禍。烏鴉本來是很聰明的，卻被人類依其習性而設計矇騙。牠們之所以被抓，是為了生存而爭食閩人假裝祭拜而帶去的飯，最終才會陷於羅網，並非為了爭奪楮錢（即冥紙）。
    (C)(D) 由「臺灣平地甚少看到烏鴉，較難想像『烏合』的場面」可知，「烏合」指烏鴉聚集，而「烏合之眾」則比喻無組織、無紀律的一群人。依據乙文所述，烏鴉其實是非常有紀律的，並以「拋擲蛤蜊」為例，證明牠們的智慧也很高。亦即從動物行為學的角度，破除一般人因「烏合之眾」對烏鴉產生的誤解。選項敘述完全相反。

☆ 11-13：本文以「螟蛉子」在各類文本中出現的說明，辨析古人對同一類昆蟲的觀察與認知。文中出現了橫跨古今中西的各種說明：第一部分首先指出依《詩經》所述，蜾蠃有「捕捉其他昆蟲幼蟲」的習性，其後揚雄《法言》解釋為蜾蠃教化捕來的幼小螟蛉，最後把螟蛉變成了蜾蠃。陶弘景則提出駁斥，認為蜾蠃捕捉其他蟲子是為了餵養自己的後代，「教化」有違生物事實。以上就「螟蛉子等於養子」的概念，對不同的資料進行爬梳。第二部分則引法布爾《昆蟲記》詳細記述蜾蠃如何在蜂房裡餵養自己的新生幼蟲，證實了陶弘景的觀察與論點。

11. 答案：(D)。
    《詩經》記錄「螟蛉有子，蜾蠃負之」的現象，但並未解釋。根據陶弘景的敘述及末段《昆蟲記》的紀錄可知，蜾蠃捕捉其他幼蟲（如螟蛉），目的是餵自己的幼蟲，故答案為 (D)。

12. 答案：(B)。
    揚雄之言為解釋《詩經》所述，而陶弘景則蒐集實證，不但駁斥了揚雄之見，也補

充說明了《詩經》所述，且現代科學可證實其觀察正確。

(A)(D) 陶弘景駁斥揚雄之見。

(C)《詩經》僅提出現象，沒有任何說明，無法被引述來反駁。

13. 答案：(C)。

陶弘景在《本草經集注》表述的重點是：蜾蠃生了幼子之後，會捕捉草上的青蜘蛛，等待牠的幼子長大後作為糧食，缺空處應與此觀點一致。其中②「如陶所說卵如粟者，未必非祝蟲而成之也」顯然否定陶弘景而贊同揚雄說法，可選出 (B)(C)。④「見子與他蟲同處」意指穴中有蜾蠃捕食的其他幼蟲；「子乃食之而出」記蜾蠃之子以其他幼蟲為食，與陶弘景的觀察相同，故④亦適用，答案為 (C)。

☆ 14-15：本文首先引用達爾文的論點，說明人類和較低等動物主要的情緒表達來自天生或遺傳。其後的探討進一步指出：基本情緒是生物的基礎反應；高階情緒則是混和了基本情緒的認知運作。最後則提到情緒的表達方式會受到學習和文化的影響。

14. 答案：(B)

(A) 由文本第一段「越是相近的物種，情緒表達越相似」，但並非完全相同。稍後的學者並未修正，而是進一步分析出基本情緒與進階情緒，並指出進階情緒更能顯示出物種間和個體間的差異。

(B) 由第一段可知「許多動物在面對危險時會毛髮豎立」，而「人類的雞皮疙瘩其實正是汗毛豎立的輕微現象」，基於「物種相近，情緒表達相似」的原則以及「哺乳類親戚表情的遺跡」一語可推知，人類的雞皮疙瘩正是哺乳類動物面對危險時情緒表現的遺留。

(C) 高階情緒「更能顯示出物種和個體間的差異」，但與認知能力強弱無關。且動物在面對危險時會毛髮豎立，使自己看來更威武、兇猛，即混和了「恐懼和驚訝」的警覺，是一種高階情緒。

(D) 本文並未提及「高階情緒」與「表達力」、「道德感」的關係。

15. 答案：(B)。

依據本文末段，「展示規則」界定了人可以在何時何地對何對象展示何種情緒，以及可以展示的方式和程度，是社會化的一部分。

(A) 出自魯迅〈孔乙己〉。掌櫃前後兩次的態度並無任何調整。

(B) 出自馮夢龍《醒世恆言·兩縣令競義婚孤女》。月香前面「只道萬福」，後因張婆說須下箇大禮，「只得磕頭」。兩次行為的不同即是基於社會化的「展示規則」而調整。

(C) 出自吳敬梓《儒林外史·范進中舉》。此處只寫范進中舉後鄰居齊獻殷勤的舉止，並無前後行為的調整。

(D) 出自劉義慶《世說新語·雅量》。本段文字敘述王戎七歲時，曾經與一群小孩一起玩。看到路邊的李樹結實纍纍，壓彎了樹枝，那群小孩爭相摘取，只有王戎站著不動。有人問他原因，他說：「李樹長在道路旁，非常容易摘採，居然還能留下這麼多的果實，可見這李子一定是苦的，才會沒人要摘。」旁人採來一嘗，果然驗證王戎的說法。王戎一開始就有自己的判斷，不打算摘李子，也沒有因為旁人的話語而調整作法。

☆ 16-17：本文說明科學家在腦中發現胰島素，打破原來胰島素只在胰臟製造存在的認知，並且將記憶與學習的相關功能與此一激素連結，用以觀察與大腦病變阿茲海默症的相關性。第一段先說明胰島素與糖尿病的關係；若胰島素分泌異常，就會引發包括糖尿病在內的循環系統與心臟方面的疾病。第二段說明原本的認知是胰臟會製造胰島素，但新的研究指出大腦也能少量分泌。第三段透過實驗得知「胰島素對於記憶很重要」。第四段說明病理學家根據前一段的發現，聯想到大腦的胰島素可能和影響記憶與學習的阿茲海默症有

關，並比對出健康者腦中的胰島素確實較患者平均含量高了四倍。最後一段說明神經病理學家蒙特根據阿茲海默症患者腦內胰島素含量較低，推測他們也可能也有一般糖尿病的問題，亦即糖尿病與阿茲海默症都與胰島素含量異常有關，患者染上另一種病的機率也較一般人高。

16. 答案：(B)。

依題幹設定的 1980 年為界，從文本檢索到的進程是：（第二段）在腦中發現胰島素→（第三段）發現記憶好壞與胰島素有關→（第四段）發現阿茲海默症患者的「胰島素含量低」，就跟糖尿病患者的表現一樣。而選項中乙的描述在首段即知，不在涵蓋範為內，其餘順序為：甲→丁→丙。

17. 答案：(D)。

題幹已提示：基於「大腦胰島素的含量，其實也反映了身體其他部位的含量」獲得的結論，可知大腦胰島素含量不足顯示胰臟的胰島素也不足；反之亦然。可知糖尿病患者罹患阿茲海默症的機率，比一般人來得高；阿茲海默症患者罹患糖尿病的機率亦然，答案為 (D)。而原文中此句結論之後接「這些患者的記憶與學習問題也比較多」，可知空格內的句子必然不是改善後的狀態，故 (A) 不可選。

範例 2—經濟 （第39頁到第40頁）

☆ 1-3：甲文分析現今「共享經濟」的發展緣起及變化。原本僅為個體對「閒置資源」的流通再利用，但隨著服務方式越趨標準化，演變為新興的商業型態，「共享」的初衷也逐漸消失。乙表列出漢、唐、宋三個朝代的「租賃活動」，展示古代的「共享」模式：漢光武帝與同學合資購驢租借給人；唐代驛驢的租賃市場活絡，雖然官方曾試圖禁絕，卻無法完全阻止而再度開放；宋代喪葬租賃可依不同需求提供服務，且價格透明。此外，尋常街市鞍馬的出租價格低廉，十分便民。

1. 答案：(A)。

(A) 由「擁有閒置資源的機構或個人有償讓渡資源使用權給他人」可知，閒置

資源的「擁有者」會將資源的「使用權」讓渡給他人，因此「所有權」會與「使用權」脫勾。敘述正確。

(B) 「有償」相對於「無償」（免費），意謂有收取報酬。「共享經濟」是「有償讓渡」，可知並非不收取報酬。且「共享經濟」的目的在於減少閒置資源的浪費，創造經濟價值，自然會收取報酬。

(C) 由第二段可知第一類型是「個人閒置資源共享」，藉由媒合平臺提供或選擇服務；由第三段可知第二類型是「標準化的商業資源共享，由平臺對個人提供標準化的服務」。兩者差別在於服務是否標準化，與平臺好壞無關。

(D) 由第三段末句「服務越標準化，平臺就會越來越像傳統的飯店或租車公司，使共享與分享的精神逐漸消失」，可知前半敘述正確，第二類型隨著服務標準化，逐漸有違共享初衷。而末段提到「平臺業者與資源提供者沒有勞雇關係，也可能讓資源提供者自行承擔損失風險」，所謂「自行承擔損失風險」，即是當資源提供者有損失時，平臺業者未必有賠償的責任，因此後半敘述有誤。

2. 答案：(C)。

(A) 由表中敘述可知漢光武帝劉秀正是因為「資用乏」（缺錢），才與同舍生韓子湊錢買驢出租，完全不是貴族富豪會從事的行業。

(B) 表文敘述提到「臣請禁絕。從之。尋又不行」，可知官方雖曾加以禁絕，但沒多久又開放了。尋，不久之意。

(C) 由「凶肆各有體例」、「如方相、車轝、結絡、彩帛，皆有定價」可知宋代喪葬業可依不同需求提供服務；由「自有假賃鞍馬者，不過百錢」可知鞍馬出租價格僅需百錢，價格親民。

(D) 由宋代「凶肆各有體例」的敘述可知已是商家對個人的模式。凶肆，即店鋪。

3. 答案：(D)。

(A)「共享經濟」是讓「閒置資源」再度流通利用，以減少資源浪費、創造價值，敘述正確。「古代租賃」方面，僅宋代明白指出鞍馬租賃價格便宜，確是「私有財產的廉讓」，但漢、唐兩代均未提及價格，無法判斷是否「廉讓」。且漢、唐、宋的租賃，都沒有提及公益化。

(B) 二者皆無法看出獲取資源的難易程度。且由唐代本欲禁絕驛驢、卻「尋又不行」的狀況來看，古代租賃的供需市場應該不小，才會禁絕不了。

(C) 依甲文第三段所述「提供資源或服務者的素質往往良莠不齊」，可知品質未必精良，而服務標準化則是第二類型共享經濟才有的特色。依乙表所列，僅宋代喪葬業符合敘述，漢、唐兩代並未提及。

(D) 無論第一類型或第二類型，都可經由網路平臺媒合；漢、唐、宋的年代必然要透過實際接觸才能完成。

範例 3 — 藝術 （第43頁到第46頁）

1. 答案：(A)。

本文批判當時書家學書不願扎實師法古人，只是隨順心意寫字，不依傳統法度，當然覺得學書容易。但是真要達到從心意變化卻能符合應有的法度，實則極其困難。時人寫詩作文也有同樣的毛病：自由創作或許讓見識不廣的人驚嘆，卻非最高深的境界，學書練字還是要從師法古人入手，才是正道。

(A) 作者主張「師古」，「近世書家不受法度限制，求新求變」只是讓見識不廣的人驚嘆，但境界不高。

(B) 由「書學以師古為第一義」可知。

(C)「可以驚河伯，不足以當海若」的說法出自《莊子·秋水》，原本自以為廣大、沾沾自喜的河神，見到北海之神海若後，才自知見識淺薄，在此可用以說明雖有小成，但境界不高。

(D) 由「動無法度，如射不掛鵠，琴不按譜，如是亦何難之有」可知不按法度

是很容易的；其後接「變化從心，從心不踰，嗚呼！難之矣」一語，可知按法度又能從心所欲，才是難以達到的境界。

2. 答案：(B)。

陳老蓮臨摹李龍眠七十二賢石刻，從為形似而欣喜，到不似時又更加欣喜。臺靜農藉此例說明學習書畫應先掌握前人的方法、神韻，最終仍要建立個人的風格。

(A) 陳老蓮臨摹由「形似」到「不似」愈感覺喜悅，並非「愈近似愈喜悅」。

(B) 從臨摹入手只是形「似」，若一直「求似」，「則失去了自己」，故要進一步追求「勿似」，建立自己的筆法風格。

(C) 陳老蓮最終達到「勿似」的境界，建立了自己風格，並非「邯鄲學步」（比喻仿效他人，未能成就，反而失卻自己本來的面目）。

(D) 陳老蓮初學李龍眠的技法，但後來「易圓以方」是追求「勿似」的手段，改變筆法，尋求新的變化，故已非李龍眠原有的畫風。

3. 答案：(B)。

由「表現了什麼是表現了的內容，如何表現是表現的形式，是一個問題的兩面，嚴密相關而形成藝術品的整體的和諧」推論可知，好的藝術品，「表現了什麼」的內容和「如何表現」的形式必須和諧，答案為 (B)。

4. 答案：(C)(D)。

甲文先提到「藏書畫者，多取空名」，就是大家只管畫作是否為名家所作，這是空泛不實際的，也就是「耳鑑」。所謂「揣骨聽聲」，用手摸畫，更是糟糕。

(A)「耳鑑」意味只要「出自名家就是好」，是空泛不實際的判斷，不值得作為參考。

(B)「耳鑑」和「揣骨聽聲」都不好，而「揣骨聽聲」比「耳鑑」更差。

(C) 選項所敘述即為「耳鑑」，由「多取空名，偶傳為鍾、王、顧、陸之筆，見者爭售」可知這是一般人品鑑書畫

的方式。

(D) 乙文提到「書畫之妙，當以神會，難可以形器求也」，然而大部分人看畫，都只能「指摘其間形象、位置、彩色瑕疵而已」，能夠「以神會」，理解「奧理冥造」的人非常少。然後舉王維作畫為例，把不同季節的花朵畫在一起，是取象徵意趣，不必一定要仿真寫景，這就是「以神會」的高妙境界。可知敘述正確。

(E) 根據乙文「書畫之妙，當以神會」、「世之觀者，多能指摘其間形象、位置、彩色瑕疵而已」，可見畫作是否傳神、逼肖，空間布置是否妥適都不是判斷畫作好壞的關鍵。

5. 答案：(B)(D)。
本文說明劍術與桌球都是身體表現的藝術。文中藉杜甫〈觀公孫大娘弟子舞劍器行〉的描寫，表現陳靜在桌球賽中動作的美感與氣勢。而由陳靜的表現，也同時印證杜甫對公孫大娘的描寫十分精確。

(A)「觀者如山色沮喪，天地為之久低昂」，是觀公孫大娘舞劍的人所感受到的震撼，並非公孫大娘本人的內心悸動。

(B) 由「舞蹈是一種身體的表現運動，桌球是一種體能運動的辯證舞蹈」可知二者同屬身體表現的藝術，再由杜甫詩與作者對陳靜打球的描述，可知兩者都能令觀者動容。

(C) 陳靜打桌球時善用反手彈，但這不是劍術動作，公孫大娘舞劍時不會用到。

(D) 文中提及陳靜的步法移位、正手拉球，都是反手快彈動作的準備，「從眼睛到腳尖」，一動作，全身都連動配合，「全部意識精神都集中在這個致命武器最犀利的一點上」，可知從眼睛到腳尖配合而成的反手彈往往令人措手不及。

(E) 由文末「那種威懾感，不是純機械的技術，而是氣勢」可知「主要在機械性技術訓練的效果」敘述錯誤。

☆ 6-8：本文第一段先敘述羅大佑對臺灣流行音樂的影響及其歌曲特色：充滿時代感，勾引了所有自命早熟的青年；極為在意歌詞與旋律的咬合，認為文字的吞吐必須吻合旋律的起伏。第二段則敘述李宗盛寫的歌總能找到獨特的切入角度，觸動聽者內在的惶惑與悲歡；亦極重詞曲之咬合，歌詞意象鮮明，語言直白而不失詩意。第三段比較兩人的「大人世界」：羅承載著大時代的悲壯，沉鬱滄桑；李則從日常生活中提煉詩意，幾為個人主義式的內省。

6. 答案：(C)

(A) 綜合第一段「他的歌充滿時代感，沉鬱滄桑的歌詞語言」、「展示著一個深沉抑鬱的『大人世界』，從青春情愛到歷史國族，勾引了所有自命早熟的青年」、第三段「羅大佑的歌承載著大時代的悲壯情緒，和那個集體主義、理想主義的時代有著千絲萬縷的糾纏」的敘述，可知羅大佑的歌曲風格深沉抑鬱，且反映了理想主義時代對歷史國族的關切。選項敘述正確。

(B) 由第二段「擅以作論方式寫歌，總能找到獨特的切入角度，短短篇幅便唱盡你堵在心頭的感歎」與「深深挖掘生命內在的惶惑與悲歡」等敘述，可知李宗盛的歌能契入人心，讓聽者的悲喜彷彿都能獲得傾吐。選項敘述正確。

(C) 由第一段「展示著一個深沉抑鬱的『大人世界』，從青春情愛到歷史國族」、第三段「始終沉鬱而孤傲，時時把整個時代挑在肩上，連情歌都滿是滄桑的傷痕」可知，羅大佑的「大人世界」確實「把整個時代挑在肩上」，但選項後半「省視個人生命內在的惶惑」一句，依據本文第二段「是華語樂壇少見的『內省』之作，深深挖掘生命內在的惶惑與悲歡」等語可知，應是對李宗盛《生命中的精靈》專輯的評語，並非用以描述羅大佑。

(D) 由第三段「擅長從柴米油鹽的日常生活提煉詩意」、「李宗盛的歌則幾乎

都是個人主義式的內省，那些百轉千迴的辯證同樣只屬於『大人世界』，你得見識過江湖風雨才能體會」、「李宗盛的世故則是一代人集體告別青春期的儀式」等敘述可知，李宗盛的「大人世界」從柴米油鹽的日常生活提煉的詩意，即是老於世故的省察。

7. 答案：(B)
(A) 依據本文第二段「他對歌詞意象結構之銳意經營」、「他獨特的語言質地，直白而不失詩意」等語可確知李宗盛的歌詞創作完全符合選項敘述，但由羅大佑的敘述文字無法判知是否符合。
(B) 由第一段描述羅大佑「對歌詞與旋律的『咬合』極為在意」、「文字化為唱詞，在唇齒舌間吞吐滾動，必須與旋律的收放起伏密密吻合」與第二段描述李宗盛「對詞曲咬合之殫精竭慮，簡直有鐘錶師傅般的耐心」可知，二人均極為在意歌詞與旋律的「咬合」，故對此皆精心琢磨。
(C) 由第一段描述羅大佑的歌「充滿時代感，沉鬱滄桑的歌詞語言」可知選項後半「寫作沉鬱滄桑的歌詞，充滿時代感」一語敘述正確，但由「一洗『校園民歌的學生腔、文藝腔』」可知他改變了校園民歌式的文藝腔，選項前半敘述不正確。
(D) 由第二段描述「李宗盛擅以作論方式寫歌」、「他獨特的語言質地，直白而不失詩意，乍看像散文，唱起來卻句句都會發光」、第三段「擅長從柴米油鹽的日常生活提煉詩意，煽情卻不濫情，輕盈卻不輕佻」等語，可知選項中「以作論方式寫歌」、「詩化的語言」、「煽情而輕盈」的敘述正確，但第三段所謂「那些百轉千迴的辯證」指的是第二段「深深挖掘生命內在的惶惑與悲歡」的「內省」、第三段「個人主義式的內省」，並非選項敘述中的「邏輯辯證」。

8. 答案：(A)
(A) 「黃色的臉孔」、「黑色的眼珠」應指臺灣人，「紅色的污泥」暗示共產主義，「白色的恐懼」、「西風在東方唱著悲傷的歌曲」應是暗示臺灣面對西方勢力所遭遇的孤立和打壓。歌詞帶有悲壯的情緒，沉鬱滄桑，最符合「國族歷史情懷」。出自羅大佑〈亞細亞的孤兒〉。
(B) 「我所有目光的焦點」、「襯托你覿靦的容顏」等語描述凝望著情人的一段獨白。出自李宗盛〈生命中的精靈〉
(C) 由「不捨你那黑白分明亮亮的眼睛」、「原諒我依然決定遠行」可知應是描述兩人不得不分離的情歌。出自李宗盛〈遠行〉。
(D) 「怎麼也難忘記你容顏的轉變」、「轉頭回去看看已匆匆數年」等語描述對往日時光的追憶、懷念與悵惘。出自羅大佑〈戀曲1990〉。

☆ 9-10：第一段重點有二：先是提出在臺灣編舞的挑戰就在於「如何跳自己的舞」；再者以歐美舞者為例，說明藝術需要歷史與文化的長久涵養。第二段比較臺灣與巴黎的陽光不同。第三段接續說明，歐洲文化蘊育出歐洲的風格，而臺灣的陽光、溫度則蘊育出飽含臺灣在地特色的藝術。

9. 答案：(C)。
本文一開始便強調「跳自己的舞」，而最後也以「臺灣的陽光」不同於巴黎，並舉廖繼春的畫、侯孝賢的電影為例，說明「這才是屬於臺灣的藝術。」可知答案為 (C)。

10. 答案：(A)。
依整理的段落重點，第一段的第一個重點即是甲、期許自我創作的獨特；接著第二個重點則是歐美舞者表現出文化底蘊，思考藝術教育的不足，對應乙、反省藝術教育的限制；再來則以廖繼春的畫、侯孝賢的電影為例，屬於丙、連結其他藝術的創作；最後以「這才是屬於臺灣的藝術」一語，確立藝術發展的方向。

四、長文閱讀（第49頁到第51頁）

☆ 1-5：甲文說明田常欲移兵伐魯，孔子讓子貢前去說服田常，以保全魯國。子貢故意顛倒攻吳與攻魯的難易，說明攻伐的目的應在於結果能否穩固自身地位，從而說服田常放棄伐魯。乙文則評論因子貢說服田常攻吳，連帶導致齊、吳、越、晉四國大亂，只有魯國獨存的一段記載。這種為了保全祖國而傷害他國的行為不符合儒家理念，也不合人性，因此王安石認為這段記載是妄傳之事，並非史實。

1. 答案：(C)。
   子貢對田常表示：弱小的魯國難伐，而強大的吳國易得，所言違背常理，故答案為 (C)。
   (A) 子貢並未斥責齊國，只比較魯國、吳國攻伐之難易。
   (B) 子貢的說服之詞並無此意，至少看似為田常著想。
   (D) 戰爭尚未開打，並無「戰情」可言。

2. 答案：(B)。
   打勝仗會讓國君信心高昂，大臣們的地位也會提升，故 (B) 為正解。

3. 答案：(A)。
   子貢說明「伐吳」之後「民人外死，大臣內空，是君上無強臣之敵，下無民人之過，孤主制齊者唯君也」，齊國之中只剩下田常有餘力可掌權執政，故 (A) 為正解。且甲文開頭即言其他四家對他的反對，可見其他強臣的掣肘是他最大的煩惱。

4. 答案：(B)。
   由上下文推知，王安石的意思是孔子想保全自己的祖國，卻傷害了別人的祖國，因此 (B) 為正解：自己不希望國家滅亡，就不應該讓別人的國家滅亡。
   (A) 強調應依據職分行事。
   (C) 強調在朝為官則盡力謀事，退隱則安居。
   (D) 用德行感化百姓，用禮樂教育他們。

5. 答案：(C)。
   本題要從乙文王安石的角度審視。依《史記》所載，子貢為了解救魯國卻造成其他五國大亂，王安石認為這種做法不符合孔子的儒學精神。故 (C) 為正解。以鄰為壑：戰國時白圭築堤治水，將本國氾濫的洪水排入鄰國，把其當成洩洪的水泊，比喻損人利己。

☆ 6-7：甲文介紹古代「鬥草」的習俗流變。南朝時多在端午舉行，唐以後分「武鬥」與「文鬥」。「武鬥」是採摘草莖拉扯，以草莖韌性強者為勝；「文鬥」則是以採摘種類數量或稀有程度一較高下，再演變成以花草名稱對仗的字面遊戲。作者舉唐宋詩句與《紅樓夢》為例，可見鬥草之風十分流行。乙文引自《鏡花緣》，紫芝提出「鬥草」新玩法，不比數量多寡，也不折草，僅以花果草目名稱對仗。

6. 答案：(A)(B)(C)。
   (A) 由李白「只賭珠璣滿斗」一句，可知玩家會以珠寶當賭注，選項敘述正確。
   (B) 甲文提到「在五月五日鬥百草」，可能「與古人的藥草觀念有關」，而乙文討論鬥草之戲時，也說「此地藥苗都是數千里外移來」，可知鬥草時常使用藥草。而若是「文鬥」，要採摘花草，就其種類數量或殊異一較高下，因此辨識及熟記花草的能力是勝負關鍵，更有機會認識各種藥草。選項敘述正確。
   (C) 由王建詩「拾得還將避眾家」可知摘了花草還不讓人看見，「總待別人般數盡，袖中拈出鬱金芽」，等其他人都拿出自己的花草，才拿出袖藏的「鬱金芽」，可知勝出關鍵在於持有的花草是否與眾不同。選項敘述正確。
   (D) 據南朝文獻，「鬥草」多在端午舉行，但由李白「禁庭春晝」、柳永「春困厭厭」等句都提到春天鬥草，可知不限於端午當日。
   (E) 「文鬥」要摘取百草，比較蒐集多寡，因此「熟記植物名稱」為「文鬥」的致勝關鍵。「武鬥」則較量草莖韌性，致勝關鍵在於挑中韌性強的草莖，並

非「玩家力氣大小」。

7. 答案：(A)(B)(E)。

(A) 甲文引《紅樓夢》第 62 回，說明眾人採摘花草後，準備鬥草，當某人擺出「觀音柳」時，另一人則擺出「羅漢松」，可見要以名稱相對仗的另一種植物來「鬥」。而乙文的紫芝說要「脫了舊套，另出新奇鬥法」、「不在草之多寡，並且也不折草」，又說「一齊亂折，亦甚可惜」，可知乙文所謂的「舊套」是折草相鬥，亦即甲文所述的鬥法。

(B) 甲文提及唐代以後的「文鬥」是「就採摘花草的種類數量或殊異一較高下」，再從明代〈秦淮鬥草篇〉「分行花隊逐，對壘葉旗張。花花非一色，葉葉兩相當」、「君有合歡枝，妾有相思子」中，可看出加入了「花草名對仗」的要求。而乙文的「文鬥」，更是連草都不折，只「依著字面對去」。由此可知決定勝負的關鍵除了採摘花草、辨識種類，還需要具備語文素養，懂得對仗。

(C) 因花草珍貴，故紫芝提議不要折草，單就字面去對。為求對仗，可借用各種別名，「只要見之於書，就可用得」，可見也要書上出現過的名稱，不可自創虛造。

(D) 文中之例為「『鈴兒草』對『鼓子花』」，詞性相同、平仄相反，對得十分工整。「鼠姑心」與「龍鬚柏」，僅鼠與龍對，姑與鬚、心與柏都不對。

(E) 甲文引《紅樓夢》中香菱與眾姐妹們鬥草，較量「花草名對仗」。乙文引《鏡花緣》中也是紫芝跟「耕烟姐姐」等姐妹們以花草果木名相對，可見多為女性參與「文鬥」，較量語文能力，確可提供古代婦女詞采展現與人際交流的資訊。

五、課文辨析

(一) 教材選文理解（第53頁到第55頁）

1. 答案：(B)。

(A) 〈師說〉強調從師問學的重要，並未追述儒道先師，亦非探究師道本原。

(C) 魏徵向太宗提出十項治國之方，屬於臣下向君王進言的奏疏體。注解以及闡釋注解的文字合稱為「注疏」；魏徵此文沒有逐一評述太宗所提及的治道，並非注疏。

(D) 「詔令」指古代帝王、皇太后或皇后所發命令、文告的通稱，包括冊文、制、敕、詔、誥等。鄭用錫是以同胞的立場勸導，並非從官府角度宣示，因此不是上對下的詔令。

2. 答案：(A)。

(A) 詩中以「蓮花的開落」譬喻思婦的等待：當歸人回來，花便開，心境是愉悅美麗的；當理解到「不是歸人而是過客」時，花即落，心也像凋零的花瓣一般地碎了。而隨著年復一年的等待，思婦的容顏也終將衰老，如同春天終會過去。以蓮花為喻，可看出詩人不捨女子從青春到老的長久等待，而對企盼與幻滅的細膩描寫，更隱含詩人對女子的疼惜。出自鄭愁予〈錯誤〉。

(B) 「遶船月明江水寒」的「月」用於場景的描述，並非以恆在比喻無盡等待。清冷的明月和江水圍繞船周，象徵心境的寒涼，用以烘托琵琶女的孤單寂寞。出自白居易〈琵琶行〉。

(C) 「落花有意、流水無情」比喻一方有意，另一方卻無情。由「一種相思，兩處閒愁」寫自己的相思之苦、閒愁之深，並推想到對方亦有同樣感受，可見是心心相印的兩地相思，並非單戀。「花」、「水」的各自飄流，既是眼前景，也比喻兩人此時分隔兩地的情狀。出自李清照〈一剪梅〉。

(D) 在曠野裡的一匹孤狼發出「數聲悽厲已極之長嗥」，呈現出孤絕蒼茫的情

境。「長嗥」代表內心深處的吶喊，「搖撼彼空無一物之天地」、「使天地戰慄如同發了瘧疾」，可見「長嗥」的震撼之強、力量之大，完全可以無視外界的批評聲浪，更不可能感到恐懼。出自紀弦〈狼之獨步〉。

3. 答案：(C)。
(A) 承前漁人回答：「乃不知有漢，無論魏、晉」可知，「嘆惋」的原因應起於桃花源居民已不知「今是何世」，並非對漁人見多識廣的欣羨。而漁人「一一為具言所聞」的內容也可推知應為細數多年來的歷史變化、人世滄桑。
(B) 先有左公閱畢史可法「方成草」之文，才有「解貂覆生」、「為掩戶」的動作，可見左光斗的動作是讀完文章之後油然而生愛才之心、惜才之意，並非家境優渥，出手大方。
(C) 前文描述「彈弦子」的弦音與「王小玉」的說書聲相和相合，如「花塢春曉，好鳥亂鳴」，使得聽眾不知該聽弦音還是說書聲，可見彈弦子者的技藝高超，更烘托出王小玉說書的精妙。選項敘述正確。
(D) 劉姥姥來自鄉下，凡事習慣自己來，鴿子蛋滑落地之後，自然也親自去撿。但賈府是大戶人家，大小事務都有奴僕分工，且訓練有素，見客人的鴿子蛋掉落立即撿起，是工作上的要求與反應，並非爭食美饌。

4. 答案：(C)(D)。
(A) 「阡陌交通」指田間小路交錯縱橫，四通八達；「交通」意為「相通」，並非「交通」（車輛或人員行走的狀態）。「往來種作，男女衣著，悉如外人」意謂在田間小路來來往往、耕種勞作的這些男女，衣著打扮與桃花源外的人一樣（一說：衣著打扮不像本地人）。出自陶淵明〈桃花源記〉。「往來」是為了「種作」，描寫農村淳樸務實景象，應不至於人聲嘈雜。
(B) 「蓋周廣百畝間，實一大沸鑊，余身乃

行鑊蓋上」乃作者將硫穴四周百畝範圍之地比喻成沸煮的鍋子，自己行走站立之處是鍋蓋。「鍋蓋」之所以不會陷落，正是因為鍋中熱氣沸騰上衝而撐起來的緣故。出自郁永河〈北投硫穴記〉。硫穴四周既是「鍋蓋」，自然是周圍地勢的相對高點，與「地勢低窪」、「宛如置身鍋底」的敘述顯然不同。
(C) 「蒼然暮色，自遠而至，至無所見」點出「天色漸暗」；「而猶不欲歸」即「流連忘返」；「心凝形釋，與萬化冥合」即「進入忘我境界，與大自然合為一體」。出自柳宗元〈始得西山宴遊記〉。
(D) 「朱、林以下……藉言恢復」即「朱、林以『反清復明』為藉口」，「而舊志亦不備載」即因清廷將其視為叛徒，故舊志記載不詳。出自連橫〈臺灣通史序〉。
(E) 士大夫家「竭盡心力張羅」的是官製的酒、遠方珍異的果肴以及各式各樣的食品，如果辦不了這樣的排場，根本不敢發帖子邀請客人，強調士大夫之間奢靡成風。若只要顯示待客之真誠，根本無須「數月營聚」，而「營聚」不得也不會「不敢發書」，選項敘述有誤。出自司馬光〈訓儉示康〉。

5. 答案：(A)(E)。
(A) 〈孔乙己〉一文採取第一人稱「我」的敘事觀點，而「我」就是酒店小伙計，透過他的眼睛，讓讀者看見酒店裡發生的對話與事件，側寫孔乙己的迂腐與善良，真實地呈現出食古不化、至死不悟的一生。
(B) 〈一桿「稱仔」〉並非主角秦得參自述的口吻，而是以第三人稱的全知觀點，敘述秦得參的悲慘遭遇。
(C) 孔乙己「滿口之乎者也」意謂他已窮愁潦倒，仍堅持讀書人的習氣與身份，顯示不能認清現實的迂腐與不合時宜，並非「博學」；秦得參不知輕重，不懂巡警只是講場面話，竟將青菜稱重，顯示他的憨直，敘述正確。

(D) 〈孔乙己〉姓孔，又滿口酸腐陳詞，人們才會從描紅紙上的「上大人孔乙己」這個半懂不懂的話裡為他取了綽號。以主角的綽號為題，是諷刺孔乙己這個不知變通的腐儒，並非表達對傳統文化喪失的焦慮。「稱仔」是衡量物體輕重的工具，有公平、客觀的意義，然而秦得參卻因為這把「稱仔」遭遇不合理的對待，因此題目將稱仔加上引號，彰顯法紀公理蕩然無存的悲哀，後半敘述正確。

(E) 魯迅本以官費赴日學醫，後棄醫從文，企圖用文學改變國民精神；賴和本職是醫生，終其一生以文學作品對抗日本的殖民統治。二人均抱持「上醫醫國」的理想，體察百姓的病苦，希望透過文學創作來反映現實、批判時代、改造社會，選項敘述正確。

6. 答案：(B)(D)(E)。
   (A) 「上下天光」指天光水色上下接連，與「山色」無關，故「山色相互輝映」的翻譯不正確。
   (C) 「郁郁」是香氣濃烈的樣子，「青青」是草木茂盛的樣子，二者皆與「青春」無關，故「洋溢著青春的色彩」翻譯不正確。

(二) 結合課外素材（第57頁到第59頁）

範例 1 —教材的精熟與應用

1. 答案：(A)(C)(E)。
   (A) 在老子思想中，「道法自然」，萬事萬物自有其運行的法則。「道」失去了，才會有「德」；「德」失去了才會有「義」；「義」失去了才需要「禮」。「德」、「仁」、「義」、「禮」等外在規範用來約束人的行為，卻也是人性從自然淳樸逐步趨於澆薄、走向混亂的開始。所以人間若有「道」，自然無須用人為規範來維持社會秩序。選項解釋正確。
   (B) 孔子身處春秋亂世，眼見當時許多人不探求「禮」所象徵的意義、精神與價值，只是行禮如儀、應卯了事，故

而發出慨歎，強調不能徒具形式。他憂心的即是「禮」僅「尚其文不尚其意」。「文」指外在形式，「意」指內在本質。選項敘述相反。

(C) 吳子良就老子對禮的看法提出不同見解：老子所說的「禮」強調內在本質，不重外在形式。但若沒有外在形式的具體規範約束人們的行為，禮的內在本質又如何存在？因此，吳子良認為外在形式與內在本質本為一體，應同時存在。並推測老子應與孔子同樣憂心「禮」徒具虛文，故而偏重內在、偏廢形式，但矯枉過正了。選項解釋正確。

(D) 由 (C) 可推知吳子良認為老子對「禮」的評論有失偏頗。但由「禮自是理會得，所以與孔子說得如此好」、「一似聖人用禮時反若多事，所以如此說」等語可知，朱熹認為老子對「禮」有深入研究，並舉〈禮運〉：「謀用是作，而兵由此起」一語為老子的論點作補充，可見朱熹認同老子對「禮」的看法。選項敘述有誤。

(E) 老子認為「禮」是「忠信之薄而亂之首」，人因失卻自然淳樸的本性，才需要外在儀節規範，故為逐步趨於澆薄、走向混亂的開始。而朱熹認同老子觀點，引〈禮運〉篇為其補充說明：「大同時期」的運作模式本是「大道之行也，天下為公」，到了「小康時期」，人人開始各自為己，才由三王五帝制定禮樂以作規範，然而「謀用是作，而兵由此起」，人們的謀略算計、國際間的戰爭攻伐卻都由此產生。二者看法相似，選項解釋正確。

2. 答案：(B)(C)(E)。
   依題幹所述，要選出顛覆傳統、不再「順從男性意志、以男性為中心」的女子。
   (A) 詞作表現女為悅己者容的傳統思想，透過買花、戴花、又怕花比人嬌的心態，生動地呈現女子細膩的感情。出自李清照〈減字木蘭花〉。
   (B) 「一手握髮，一手映身搖示靖，令勿

怒」，描述紅拂觀察虬髯客、看清局勢後，便出手處理當下場面，先指示李靖（「男性」）按捺脾氣，又主動與虬髯客（「男性」）攀談，甚至稱兄論妹，直接劃定兩人關係，斷了虬髯客的非分之想。符合題幹要求。出自杜光庭〈虬髯客傳〉。

(C) 由句首「不愛最大／請人間蒸發」、句末「我沒在怕／因為女生／越戰越堅強」可知，歌詞中的女性不再「順從男性意志、以男性為中心」而委屈求全，能斷然割捨，勇敢面對失敗的感情，自我調適，與傳統自傷自憐的閨怨女子截然不同。再由「月光下／有的王子／原來是青蛙」，描述「王子」（「男性」）在月光下會現出原形，「青蛙」更含有貶抑之意。符合題幹要求。出自徐世珍／司魚作詞、弦子演唱的〈不愛最大〉。

(D) 由文中描述可知，姨娘梳各式各樣的髮髻，都是為了「引得父親笑瞇了眼」，討得父親喜愛，同樣是女為悅己者容的傳統思考。出自琦君〈髻〉。

(E) 選項文句表達秀潔面對歌仔戲的式微，既無奈卻又堅強的心情。此處融入「鍘美案」的唱詞，其中「你不要妄想！」、「你逼我唱，我死也不唱」、「看你這小小的開封府尹，又怎麼奈何得了本宮！」的「你」暗指金發伯（「男性」），明顯表現出對金發伯（「男性」）的反抗，符合題幹要求。出自洪醒夫〈散戲〉。

3. 答案：(A)(B)。

(A) 由甲文「專取關國家盛衰，繫生民休戚」編成此書，並說明「刪削冗長，舉撮機要」，以便人主「周覽」，可知該書有政治功能；由乙文「而辯麗橫肆，亦文辭之最」，可知肯定該書的言辭效益。

(B) 由「編年體」、記錄年代上起戰國下迄五代等訊息，可推知甲可能是《資治通鑑》。由「合從連橫，變詐百出。然自春秋之後，以迄于秦，二百餘年

興亡成敗之跡」等語，可知所校內容應為戰國時代的策士言論，推知乙可能是《戰國策》。

(C) 由「臣常不自揆」可知，甲文是呈給皇帝的上書，而由「善可為法，惡可為戒」等語可知該書乃勸諫治國應以歷代興亡為鑑；而乙文稱該書「非義理之所存」，可知難以作為治國之鑑，故乙書與選項敘述不符。

(D) 「每患遷、固以來，文字繁多……」，其中「遷」指司馬遷之《史記》，「固」指班固之《漢書》，可知二者皆是「甲」用以成書的材料。而「乙」書時代在「春秋之後，以迄于秦」，成書在《史記》、《漢書》之前，不可能用到《史記》、《漢書》的材料。

(E) 〈燭之武退秦師〉記春秋時秦、晉圍鄭的史事，而「甲」書上起戰國，故無此史事之紀錄；〈馮諼客孟嘗君〉記戰國齊人馮諼客孟嘗君之事，符合「乙」書「其要皆主於利言之，合從連橫，變詐百出。然自春秋之後，以迄于秦」等語，後半敘述正確。

☆ 4-5：甲文描述了舊日故居的芒果樹與母親寄送芒果的往事，並藉著咀嚼金色的甘芳重溫對雙親的感念。乙文出自〈項脊軒志〉，追憶在項脊軒中與亡妻共讀、唱和相隨的溫馨，更以枇杷樹象徵對亡妻的懷念。

4. 答案：(C)。

(A) 二文確實皆屬「憶往之作」。乙文僅提及「自後余多在外，不常居」，可知作者曾「離鄉」，也可能「偶爾回故居暫住」，但並沒有明確線索判定是否為返鄉暫居時所作。甲文由「父母相繼棄世，我們必須還屋」、「……繳交回國防部」、「這芒果，就是我跑到屏東故宅——那棟不再屬於我的故宅—中去摘來的」等語可知，作者一家歸還宿舍後已不能再住，故本文並非離鄉多年、偶回故居暫住之作。選項敘述不正確。

(B) 二文確實皆有「對話」，但甲文是父

親對母親的咕噥之語，而乙文則是妻子歸寧時姐妹間的閒聊，皆非「作者與親人昔日在故居中的對話」。選項敘述不正確。

(C) 甲文「重返故居」摘取芒果後，敘及母親身體安祥時常寄送芒果北上的往事，最後以「我來啖我昔日故園中的果實，來重溫我猶暖的對雙親的感念」一語收束，可見其思親之切。乙文先寫二人在故居夫唱婦隨的溫馨過往，並記述妻妹的好奇探問，後即接「其後六年，吾妻死，室壞不修」，可推知「室壞不修」的原因是「吾妻死」；再由「其後二年，余久臥病無聊，乃使人復葺南閣子」，可推知當年的喪妻之痛讓作者無心修葺，何況亡妻曾在故居的點點滴滴依舊歷歷在目，直到二年之後，憂傷稍減，才因無事可做而加以修葺。選項敘述正確。

(D) 依據甲文「自民國 42 年至民國 104 年擁有一棟宿舍，我們在其間生活成長」一語，可確知 62 年來作者與家人曾「擁有一棟宿舍」，而他們在這段「擁有宿舍的時間裡」生活、成長，但這句話並未直接指出作者與家人 62 年來皆同住於此。依據乙文「余既為此志，後五年，吾妻來歸」一語，可知「五年」是寫下〈項脊軒志〉前半部之後五年，此時作者與妻子成婚，並非「與妻曾同居」的時間；再由「其後六年，吾妻死」可推知兩人同住故居僅六年。

5. 答案：(B)

(A) 由「父母相繼棄世」而「昔日故園中」猶有果實可摘，可知樹猶在、人已去，並非象徵父母安康。由第二段可知，「芒果樹」應是象徵父母對子女的關懷。選項敘述錯誤。

(B) 由「吾妻死之年所手植」、生長緩慢的枇杷樹，如今竟已長到「亭亭如蓋」的樣子，可知妻子過世已久。時間本無法度量，思念也難以計數，但枇杷樹枝繁葉茂的樣子，卻具體展示了時間流動的軌跡、思念流淌的刻度，故

「象徵思念長存」的敘述正確。

(C) 由甲文第二段可知，芒果樹結實之時母親仍「身體安祥」，並非親人亡故後所植。由乙文「吾妻死之年所手植」可知，親手種下枇杷樹的是妻子，並非作者；而如今樹已「亭亭如蓋」、妻卻離世已久，具體而深刻地呈現睹物思人、觸景生情的感傷。故二文作者皆未於親人亡故後「植樹」紀念，選項敘述為非。

(D) 甲文藉芒果樹感念雙親，乙文藉枇杷樹懷念亡妻。二文皆透過「樹在人去」表達對親人的感懷，皆未提及對生死有命的領悟，選項敘述為非。

範例 2－課內外素材的對照類推（第63頁到第69頁）

1. 答案：(A)(B)(E)。
   題幹「何其大方地吝嗇者」以「大方」形容「吝嗇」，且「大方」、「吝嗇」詞義正好相反。

(A)「震耳欲聾的寂靜」以「震耳欲聾」形容「寂靜」，且「震耳欲聾」、「寂靜」詞義正好相反，符合題幹要求。出自張菱舲〈聽聽那寂寞〉。

(B)「雅得這樣俗」以「俗」形容「雅」，且「雅」、「俗」詞義正好相反，符合題幹要求。出自吳敬梓《儒林外史》。

(C)「歌聲如行雲如流水」以「行雲如流水」形容歌聲，「又如澎濤又如駭浪」同樣形容歌聲。其中「行雲如流水」、「又如澎濤又如駭浪」的描述雖然相反，但並非互為形容（如「如驚濤駭浪的行雲流水」），與題幹要求不符。出自簡媜〈夏之絕句〉。

(D)「英英雪雪，迅速來去」、「如成群無數的綿羊」都用來形容花，但二者涵義不同，並非相反，且二者亦無法互為形容（若為「英英雪雪、成群來去的綿羊」，則背離原義），與題幹要求不符。出自楊牧〈十一月的白芒花〉。

(E)「文明的野蠻」以「文明」形容「野蠻」，且「文明」、「野蠻」詞義正好相反，符合題幹要求。

☆ 2-3：中國古典詩歌的創作中，常見「以景襯情」、「情景相生」等借助外在景物表達內在情意的表現手法，形成獨特的審美意趣。本文則進一步探究這種創作方式源於語言的表意功能有所不足，因此只能借助語言文字所呈示的對象加以烘襯，盡可能傳寫精微流動而難以捉摸的意念或感情。

2. 答案：(B)。

由「間接烘襯的表現手法能成為主要的創作模式，就是根源於古典文化的論述中，對語言表意功能的質疑」可知，中國古典詩歌以間接烘襯方式表達情感的原因是基於「語言表意功能的質疑」，文中更進一步說明之所以對語言的表意功能產生質疑是「由於情感或意念本身不可捉摸的特性」，而「語言作為一種表意的工具其實有所不足，甚或不完備」。綜合前述，可知言語無法把情感或意念完備地表達出來，即「言不盡意」，答案為 (B)。

(A) 由「詩歌的意義往往以詩人個人內在的情感意念為重心」可見「詩」確實可以「言志」，然而篇首即可知這是「中國古典詩學傳統」，並非以間接烘襯表達情感的原因。

(C) 語言只是工具，既已領會詩意，字句言辭便無關緊要。但題幹探究的是為何要以間接烘襯的字句言辭表達情感，二者顯然不同。

(D) 指在創作書畫、詩文時，先構思成熟，然後才下筆。但題幹要探究的是為何以間接烘襯的方式下筆，二者著重之處不同。

3. 答案：(A)。

「此等情意又是間接借助語言文字所呈示的對象加以烘襯」即前述「以間接烘襯的方式表達情感」，亦即藉物抒情；「語言文字所呈示的對象」為外在景物，「情意」為內在感受。

(A)「天地一沙鷗」為外在景物，小小的孤鳥在偌大天地間飛翔的畫面，間接烘襯出杜甫寂寥無依的心境，符合題幹要求。出自杜甫〈旅夜書懷〉。

(B) 以直述句書寫長干女幼時的樣貌與遊玩的情態，其中並無外在景物的摹繪，對女子也無進一步的描寫或暗示，故亦無個人心志的寄託，與題幹要求不符。出自李白〈長干行〉。

(C) 敘述黃幾復困窘的現況，並以肯定其才幹來勸慰他，流露對友人的惜才之心與期許之情。現況敘述為直接描寫，「治病不蘄三折肱」雖為用典，但並非題幹所謂「語言文字所呈示的對象」，與題幹要求不符。出自黃庭堅〈寄黃幾復〉。

(D) 直述個人之壯心豪情。「出師一表」引諸葛亮之典自許，但並非題幹所謂「語言文字所呈示的對象」，與題幹要求不符。出自陸游〈書憤〉。

☆ 4-5：一二段提出「黑天鵝事件」：人們從觀察或經驗中原本知道有白天鵝，但只要出現「一隻黑天鵝」，「便足以讓一個基於白天鵝被看到千萬次所形成的認知失效。」而「黑天鵝的事件」我們無法預測，正如我們無法預測未來的歷史發展。第三段進入本文重點：雖然未知往往衝擊已知，但若能「反知識」操作，善用這些「未知」，往往可以得到更大的報酬。

4. 答案：(D)。

(A)「黑天鵝的事件」說明人們從觀察或經驗所學到的事物往往有其侷限，但仍會設法賦予合理的解釋，努力去理解。

(B) 由「人們無力預測黑天鵝事件」可知，根本無法防範。

(C) 依據本文，「黑天鵝事件」無法防範、無法避免，但若能「反知識操作」，或許可從中獲利。因此「投資致富的關鍵」應該是利用「黑天鵝事件」，而非避開它。

(D) 由「只要一隻黑天鵝，便足以讓一個基於白天鵝被看到千萬次所形成的認

知失效」，可知科學研究若出現「黑天鵝事件」，確實可能會翻轉已知的知識。

5. 答案：(A)。

(A)「赤壁在冬天吹東南風」與「黑天鵝事件」同樣為反常的自然現象，而諸葛亮正是利用了「反知識」操作的「未知」，改變了赤壁之戰的局勢。

(B)「范進能鄉試中舉」確實出乎胡屠戶意料。但此一狀況實因人為或其他因素（例如：范進的考運）造成，並非「反知識操作」。

(C)「鄭國能倖免於秦晉聯軍」是鄭伯的願望，鄭國上下也做了許多努力。但其實佚之狐已告知鄭伯：「若使燭之武見秦君，師必退。」而鄭伯也聽從並往見燭之武，因此選項說「鄭伯沒料到」並不正確。

(D) 孟嘗君確實沒料到「薛地百姓會夾道相迎」，但這樣的結果是馮諼先前為其「市義」所買得的民心，並非「反知識」的操作。

☆ 6-7：本文第一段說明「淡」能使個體兼備所有能力，並展示所擁有的能力。平淡的性格可以「毫無阻礙地隨其所處的情境而應變」，保持一種「虛待的狀態」，與世界的脈動同步而協調。第二段說明淡的性格使聖人在仕隱之間保留彈性，擁有一切美德又不陷溺於任何一種美德。

6. 答案：(C)。

(A) 本文強調心性的「淡」，可使人保留出仕或退隱的彈性，並未強調退隱可使人心境平淡，甚或體驗人生、陶鑄美德。

(B) 由第一段「最理想的情況，不是英雄主義式的投入」，可知作者並未抱持英雄主義。依第一段所言「保持一種虛待的狀態」，才能順時而為、與世界脈動同步。

(C)「不偏不執」就是平淡的性格，能成就「性格的完整性」，也能「使個人得以毫無阻礙地隨其所處的情境而應

變」，即選項敘述所言「因應變化而不偏離常道」。

(D) 依本文所言，具備「淡」的性格能使一個個體同時具備所有能力，並且隨時證明他所擁有的能力，而「淡」最理想的情況是要「保持一種虛待的狀態」，「與世界的脈動是協調的，而且能毫無阻礙地接收這些脈動」。「博採眾長」指從多方面吸取各家的長處，具有主動性，而「淡」的「虛待」是「能毫無阻礙地接收這些脈動」的被動狀態，兩者並不相同。「保持虛待」能有效處理各種狀況，是「不陷溺」、不強求、不固著，並非「虛心」（謙虛、謙遜）接納不同意見。

7. 答案：(D)。

「平淡」的境界可以「使個人得以毫無阻礙地隨其所處的情境而應變」，能與世界的脈動同步而協調，在仕隱之間保留彈性。

(A) 詩句中表明報國的志向，盼能大展長才，對出仕、用世有所企求、盼望，並未「保持一種虛待的狀態」。出自左思〈詠史〉之一。

(B) 表現屈原潔身自好、不願同流合污的執著，未能「以最大的彈性，視當下的需要而退隱」，並非「平淡」境界。出自屈原〈漁父〉。

(C) 詩句追憶往事，遙想當年豪氣干雲的戰鬥生活，與現實主流的政治立場相違背，隱含對掌權者屈辱求和的不滿與感嘆，並非「平淡」境界。出自陸游〈書憤〉。

(D) 該憂愁的時候就憂愁，該開心的時候就開心，如果一時之憂愁、歡樂都忘卻了，就隨順環境無入而不自得，不會有什麼挑剔執著，描述情感上的平和坦然，隨順所遇，隨遇而安。「隨所遇而皆適，未嘗有擇於其間」強調保留彈性，隨其所處的情境而應變，最符合文中的「平淡」境界。出自胡仔《苕溪漁隱叢話》引蔡寬夫《詩話》之語。

☆8-9：本篇以翁婿問答的言語交鋒，表現出女婿的機敏反應。先以「天使其然」來回應岳父提出的問題，看似愚魯蠢直，答不出其他話，然而所答實為各種現象的本質。岳父對自己的提問一一道出預設答案，沒想到婿依岳父邏輯，舉蛤蟆之鳴、竹之冬青、婦之項下瘦來反駁岳父所舉，岳父聞言羞愧，無言以對。

8. 答案：(B)。
(A) 岳父是因為懷疑女婿不夠聰明，才故意設計問題來測試他。
(B) 女婿都回覆一樣的答案，聽起來像不經思考、不會回答，所以被嘲笑。
(C) 「浪」指「輕率、隨意」，有白白浪費的意思。
(D) 文中的「夫人」指他的岳母，並非新婚妻子。

9. 答案：(B)。
依題幹所述，應答時要類比對方的思維模式或問句，還得駁倒對方。
(A) 馮諼有意設問，但孟嘗君隨口應答，並無特殊應對技巧。出自《戰國策·馮諼客孟嘗君》。
(B) 諸葛令、王導爭論姓氏排名的先後。王導本想從一般會說「王葛」的講法來強調王應排名在前；結果諸葛令舉了「驢馬」為例：一般人也都說「驢馬」，難道「驢」勝過「馬」？一方面反駁排名在前較優的說法，再者也暗指王是驢、而葛是馬。一般若兩字連讀，而平仄不同，通常平聲在前、仄聲在後，本無關排名。王導偏要占人便宜，反而被將一軍。出自劉義慶《世說新語·排調》。
(C) 賈母是大戶人家，「要丫頭們搥一搥」是直接反應，而劉姥姥是鄉下人，並無這樣的習慣故而拒絕，並無反駁之意。出自曹雪芹《紅樓夢·劉姥姥》。
(D) 長者以訓斥的口吻告訴秦得參要到市上作生意，就應懂得「規矩」，怎可跟日警計較？秦得參並未反駁，只是以激問表達憤恨不平。出自賴和〈一

桿稱仔〉。

☆10-11：本文談「孤獨」，首先提出赫塞「荒野之狼」的比喻，認為這樣的說法很有力，但太個人化。作者認為孤獨是人必然的存在狀態，而且常存於深刻的互動中。他並以中國哲學的「太極圖」說明：交會與孤獨就像陰、陽互滲於對方之中，都有灰色地帶；而且在交會的極致，人有可能體驗到最深沉的孤獨；在極端的孤獨中，人也可能體驗到自我與天地、人際之間最深沉的交會。

10. 答案：(B)。
(A) 作者舉赫塞對孤獨的比喻為例，說明文學家形容孤獨的意象非常有力，但太個人化、不具普遍性，亦即「難以引起讀者共鳴」，但文中並未提及他們「每為孤獨所困」。
(B) 由「陰陽兩個半部裡各自包含著對方顏色的若干細線」，這反映出：沒有所謂純粹的孤獨，也沒有所謂純粹的交會」可知，孤獨和交會的關係就像陰、陽，互滲於對方之中，「沒有所謂純粹」的孤獨或交會，二者也不可能真正獨存。
(C) 文末「孤獨和群體生活二者對人同等重要，是體驗世界時不可偏廢的兩條路徑」強調對人而言，孤獨和交會同等重要、不可偏廢，並非「同時過著孤獨和群體生活」才能「完整體驗世界」，也未提及要「讓自己處於灰色的中間地帶」。文中「灰色的中間地帶」是用來說明二者「互為對方底景」的特質。
(D) 「白點」象徵「在孤獨的極致中，人也可能會突然體驗到自我和天地、人際之間最深沉的交會」，而「黑點」象徵「在人我交會的極致中，人有可能會突然體驗到最深沉的孤獨」，意謂孤獨與交會是一體兩面、共生共存，不是指朋友或黑暗面。

11. 答案：(D)。
(A) 出自陳夢林〈望玉山記〉，描寫客棧的

人奔相走告「看見玉山」的欣喜以及急於分享之情。敘述為「交會」，並無「孤獨」。

(B) 出自蘇軾〈赤壁賦〉，描寫與客在赤壁悠然泛舟的閒適之情。敘述為「交會」，並無「孤獨」。

(C) 出自郁永河〈北投硫穴記〉，描寫與友人同行，並命二番兒操楫，一起前往尋找硫穴的情形。敘述為「交會」，並無「孤獨」。

(D) 出自歐陽脩〈醉翁亭記〉，描寫滁人跟著太守熱鬧遊山，而太守既能與民同樂，又能以文述之的情境。眾人一同遊山是「交會」；但唯有太守醉能同歡、醒能述文，是「孤獨」，最能表現「在人我交會的極致中，人有可能會突然體驗到最深沉的孤獨」的敘述。

☆ 12-13：本文先提出「社會上所發生的事件，古今是有其絕相類似之處」為基本論點，因此歷史學家往往可以判斷歷史事件的可信或不可信。「可能發生」加上「文獻足徵」，便是「可信」的事件；「必不可能發生」、缺乏實證或僅是幻想的說法，則為「不可信」，可「直刪不妨」。但對於「誦經獲報、符咒靈驗」之事，宜採取「將信將疑」的態度，不能盡以為「誣妄」。

12. 答案：(B)。

(B) 由「社會上所發生的事件，古今是有其絕相類似之處」一句可知，對當代社會瞭解越深入，越能瞭解古代的社會。

13. 答案：(A)。

依據本文，「必不可能發生」、缺乏實證或僅是幻想的說法，則為「不可信」，可「直刪不妨」。

(A) 出自蒲松齡《聊齋誌異・勞山道士》。選項敘述明顯可看出這些情節在現實生活中「必不可能發生」，亦符合文中所說「妖異止於怪誕，談諧止於譏笑」，故可以直刪不妨。

(B) 出自郁永河〈北投硫穴記〉。選項敘

述為硫穴地熱的景況，是「可能發生」的事，且於今仍可見之，足以驗證，故為「可信」之事。

(C) 出自陶淵明〈桃花源記〉。選項雖為寓言，是陶淵明虛構假託的理想國，但其內容所述並未脫離現實生活，是「可能發生」的事；「不可信」的事才「直刪不妨」。

(D) 出自《魏書・釋老志》。選項敘述近於文中所言的「誦經獲報、符咒靈驗」，要採取將信將疑的態度。

☆ 14-15：第一段敘述梁思成偶遇三座歷經風霜而「南宋風神依稀可辨」的小小佛龕，將其領會到的快感和美感名之為「建築意」。第二段先承上解釋「意」即「品味」，並引袁宏道的話說明「趣」的表現。接著提出「趣」應是「得之自然者深，得之學問者淺」，由此反推，認為袁宏道偏頗的觀點「去趣越遠」。最後，再引蘇珊・桑達的見解為己佐證：俗中亦可求雅，過於刻意反而品味不高。第三段承前段，說明唯有看破功利而能從中自得其趣的人，方可了解「現代品味」的真諦。

14. 答案：(D)

(A) 「建築意」指所領會到的「超然的莊嚴」、「神秘的快感和美感」，並非外在形貌的古老斑駁。

(B) 蘇珊・桑達認為認為俗中求雅的享樂主義也是「高品味」。作者引用此說，正是用以批駁前述袁宏道犯了「知識勢利」的毛病，笑人所求僅是「趣之皮毛」。

(C) 若將「道德操守和文化修養」都化成「交換價值」，品味從此去「品」極遠。

(D) 由文末「懂得看破功利社會怪現象而發出會心微笑的人，才能洞識『現代品味』的真諦，才可以在交換價值市場上立足且自得其趣。」可知，能超越功利角度、交換價值，才能享受美感經驗，並在「精緻的按鈕時代裡」培養現代品味。

15. 答案：(C)

文中論及「趣」的觀點包括：主觀愛惡的感受、對自然景物的體會，以及在不同事物中找出韻味，且具備純任天真的文化修養與品味，不受社會功利主義、交換價值所影響。

(A)「東風不來，三月的柳絮不飛」的自然景物（東風、柳絮）是用來譬喻良人未歸與思婦等待之殷、思念之切，重點不在描寫自然景物。且本文「得之自然者」與「得之於學問」相對，表現為自然天性的愛惡，與自然景物的描寫並不相關。

(B)「在康河的柔波裡，我甘心做一條水草」，的確表達出濃烈的主觀愛好，但「趣之皮毛」意指附庸風雅或追求表面上看起來高雅之事，在本文中是袁宏道用來譏諷他人的負面詞語。

(C)「月景尤不可言」，乃因月景之美「別是一種趣味」、「此樂留與山僧遊客受用」，從美景到賞玩的時間都只有特定的人能夠珍惜領略，所以「惟會心者知之」，非一般俗士可以體會。最符合文章的說明。

(D)「白雪紛紛何所似」、「撒鹽空中差可擬」的二句問答，是用譬喻說明眼前實景。一問一答是對於生活的體會，並無辨明事理的意圖，不屬於文中所言「入理愈深」，故非「去趣愈遠」。且「白雪紛紛何所似」嘗試以詩化的眼光觀看下雪的現象，其實也標示了一種生活上的品味。

☆ 16-17：本文先以小馬駒、小鴨和剛出世的孩子對比，說明人類不像其他動物一樣具備生物本能，只能透過學習來「社會化」。接著進一步解釋「本能」是受基因決定的複雜行為模式，「反射」則是單一的反應。人類並無「生存本能」，但有與生存有關的「反射行為」，如成人閃躲以避免傷害、嬰幼而為進食而吃奶。此外，人類先思考後果才決定自己的行為，與動物完全憑藉生物特性以本能發出的行為不同。

16. **答案：(D)(E)。**

(A) 由「剛剛出世的孩子，如果沒有大人的幫助，則會在幾個小時內死亡」可知，人並無自給自足的本能。選項敘述有誤。

(B)(D) 由「某些人類的行為常被誤認為是『本能』，譬如有人衝你的臉打上一拳，當然會閃躲」、「這裡的閃躲，則是反射行為，不是本能；是單一的反應，不是複雜的行為模式」可知，人類看似「本能」的動作屬於單一的「反射」反應，小鴨找水、小馬駒站立，才是複雜的「本能」行為。(D) 選項「人會避開迎面而來的衝撞，屬於反射而非本能」敘述正確，而 (B) 選項「人具有複雜的本能，其他動物沒有」敘述相反。

(C) 由「『本能』有非常具體的含義，主要是指受基因決定的複雜行為模式」可知，「本能」主要由基因決定，與環境發展無關。人類對飲食的需求屬是「與生俱來的反射行為」，並非「本能」，因此人類依環境而發展出不同的飲食，也與本能無關。選項敘述錯誤。

(E) 由「社會學給了這個問題一個非常簡潔的答案──社會化」、「人類不具備其他動物的生物本能，就只能通過學習來獲得能力」可知「人的基本生存能力是藉後天學習而來」，選項敘述正確。

17. **答案：(D)(E)。**
畫底線處強調人類會經過思考、分析利弊得失後，才選擇自己的行為模式。

(A) 說明世間萬物的事理，在我的天性之中都已齊備，都能思考、認知。自我省察時，意識到所有的一切都真誠無欺，便會感受到莫大的快樂，出自《孟子·盡心上》。選項敘述中有思考，但無因思考而產生的行為選擇。與題幹要求不符。

(B) 說明庖丁解牛已從技術層次進入「道」的境界，熟悉牛體的條紋理路，和牛接觸時不需再用眼睛觀察，因此，解牛時是以精神在活動，而非感官知覺，出自〈莊子‧養生主〉。庖丁因掌握牛體本質才會「以神遇而不以目視」、「官知止而神遇行」，並非經過思考、分析利弊而產生的行為選擇。與題幹要求不符。

(C) 說明只要能保持隨遇而安的達觀心態，從窮達、順逆的人生束縛中解脫出來，便能享受清風明月帶來的舒暢自在，出自蘇軾〈赤壁賦〉。選項敘述中有思考，以及後因思考而生的心境調適，並無行為選擇。與題幹要求不符。

(D)「生，亦我所欲也；義，亦我所欲也」顯示思考過程與利弊得失的衡量，「二者不可得兼，舍生而取義者也」則是思考、衡量後產生的行為選擇，符合題幹要求。出自〈孟子‧告子上〉。

(E) 由「若是者何也？快意當前，適觀而已矣」可知「快意當前，適觀而已矣」是作出選擇的原因，顯示思考過程與利弊的衡量，而「今棄擊甕叩缶而就鄭、衛，退彈箏而取韶虞」則是思考、衡量後產生的行為選擇，符合題幹要求。出自李斯〈諫逐客書〉。

貳、閱讀攻略

一、答案在文本之中

(一) 掌握特色，辨識主體（第71頁到第72頁）

1. **答案：(C)。**
   燕子口極小，還要從牠口中奪去築巢的一點點泥；針頭極細，還要從中削鐵；鷦鶇鳥的食囊極小，還要從裡頭找尋牠吞下的豌豆；白鷺鷥的腿何其細長，還硬要刮下瘦肉；蚊子何其微小，還硬要從牠腹中刮出脂油。以上譬喻皆說明掠奪者可謂無中覓有，表現出極度貪婪、無所不取的形象。「老先生」本是尊稱，「虧老先生下手」意謂真虧您下得了手。(C) 敘述最符合，為正解。

2. **答案：(B)。**
   甲詩的「殘螢」寫夏日已盡，「玉露」、「金河」寫秋高氣爽、風霜高潔的景象，可知為秋天。乙詩的「草如碧絲」、「桑枝綠」，描繪出早春生意萌發的景象。丙詩有「日長」、「搖輕扇」，可知所指為夏。丁詩「四野便應枯草綠」指原野上的枯黃草木，應該就要轉綠了；「九重先覺凍雲開」指天邊的凍結烏雲，感覺即將消散。二句意謂大地即將恢復光彩，可見此時仍為沉寂抑鬱的寒冬時節。依春夏秋冬的順序排列為：乙→丙→甲→丁。

3. **答案：(B)。**
   本題關鍵在於掌握所引《詩經》詩句的意涵。引詩出自《衛風‧伯兮》:「自伯之東，首如飛蓬。豈無膏沐，誰適為容？」，說明婦女因丈夫出征，在家思念不已。文中「豈無膏沐，誰適為容」二句，描寫婦人因思念丈夫而無心打扮，髮亂如蓬，可知「她」祭弔的對象是「丈夫」。

4. **答案：(B)(D)(E)。**
   本題需結合先備的文史知識，找出詩句中的關鍵字詞，判斷所指是否正確。
   (A)由「去來無跡」、「動息」、「起松聲」，可知所指為「風」。

(B) 由「月窟」、「廣寒」（神話裡稱月亮中的宮殿為「廣寒宮」）可知所指與月有關，桂、蟾、兔等皆有可能，但由「廣寒香」、「吹得滿山開」可知，其中符合者只能是桂，所指正確。

(C) 由「蜀冤啼不盡」可知應為杜鵑花。

(D) 由「江淹」（相傳晚年時曾夢見郭璞索回寄放其處的五色筆，自此作詩再無佳句）、「班超」（投筆從戎），可知所指正確。

(E)「千形萬象」寫雲變幻無常，「映水藏山」寫雲掩映在山光水色之間，「悠悠」寫雲的狀態，所指正確。

5. 答案：(C)(D)。

從「被戰爭逐出長安」、「玄宗倉皇出奔」等語，可知描述的事件為安史之亂。再找出「麗人行」、「悲陳陶」、「哀江頭」等篇名，皆杜甫所作之詩，綜合得知歌詠對象為杜甫。進一步結合杜甫生平，曾「見證安史之亂」，又曾移居成都，築室於「浣花草堂」，(C)(D) 為正確解答。(A)(B) 為李白。(E) 指白居易。

(二) 擷取訊息，發展解釋

範例 1－敘事（第74頁到第78頁）

1. 答案：(C)。

本篇藉由豚尹對晉國的觀察，表現出賢人在位對國家時局的影響甚為巨大。

(A) 豚尹剛開始反對，是因他認為楚莊王伐晉會失敗。理由則是晉國當時有賢臣沈駒在位，不易攻取，與豚尹本身的襟懷無關。

(B) 沈駒為楚國賢臣，但本文並未提及其死因。至於豚尹受楚莊王之命令觀察晉國，應可算是重用，但沒有足夠的訊息判斷他是否為楚國的賢臣。

(C)「晉君憂、晉民樂」，則晉國安定，不易攻取；「晉君安樂、晉民怨上」，則晉國分崩離析，因此晉君由憂轉樂、晉民樂而轉怨，是晉國陷入危機的關鍵。

(D) 沈駒死後，晉君身邊圍繞的多為諂諛之臣，治國態度也轉為好樂而不守禮法，人民對此充滿怨恨，但尚未造反。

不過，豚尹大膽預測：人民的不滿已達到高點，如果楚君攻晉，他們一定會造反。

2. 答案：(D)。

馮且巧妙利用昌他從西周逃亡至東周的事實，將西周可能有許多機密會被昌他洩漏的劣勢扭轉，昌他遭東周疑忌，最終被殺。

(A) 昌他確實從西周叛逃，但並未被馮且收買為間諜。是馮且利用了昌他身分上的矛盾，故意用假冒的書信挑起東周君主的懷疑，因而遇害。

(B) 馮且並未接觸昌他，更未要求他策反斥侯，而是故佈疑陣，透露昌他的假情報給斥侯，再由斥侯轉報東周國君，才使昌他被捕遇害。

(C) 昌他自行逃至東周，並非因馮且誣陷而出逃。至於馮且誣陷昌他收賄通敵，是為了借東周之手殺掉昌他而故意設的局。

(D) 馮且故意設局讓東周君主懷疑昌他的出逃是假意投誠，以致昌他被誤為間諜而遭戮。

3. 答案：(D)。

文若虛提出隨船的意願，張大立刻同意，但用「只是一件」說明自己的考量，提議眾人能湊錢讓文若虛置辦貨物，就不會白跑一趟。

(A) 張大認為船行寂寞，能多一人說笑，「我們眾兄弟料想多是喜歡的」。可知文中意指大家同行，便可一起說笑開心，並非怕文若虛不耐寂寞。

(B) 張大十分歡迎文若虛搭順風船，更站在對方立場著想，讓文若虛順便買賣賺錢，不致「空了一番往返」。

(C) 由「覺得空了一番往返，也可惜了」、「將就置些東西去也好」可知，張大建議文若虛可趁這趟船順便販售貨物。再由「待我們大家計較，多少湊些出來助你」可知，張大想替文若虛籌錢買貨、做點生意。

4. 答案：(A)(B)。

本文先說明左慈自小就會神奇的道術，某

次受邀為曹操的賓客，曹操提到今日珍饈，只缺少吳松江上的鱸魚，左慈當場表演，釣得鱸魚，曹操則一步步試探，確認左慈道術的神妙。

(A) 左慈當場變出曹操想要的鱸魚，滿足了曹操的想望，又因道術神奇而令觀者驚奇，可知「操拊掌大笑，會者皆驚」確為「讓曹操拍案叫絕，讓與會者相當訝異」。

(B) 由「慈乃更餌鈎沉之，須臾復引出，皆長三寸餘，生鮮可愛」，可知左慈應曹操之言，又變出其他的魚，可見原本只得一尾鱸魚，「不周坐席」，多得幾尾之後，分量才夠在場賓客食用。

(C) 「操使目前鱠之，周浹會者」與「一魚不周坐席」相照應，原本不夠分，多得幾尾魚之後，便請人將這些魚調理成菜餚，分給與會的每一個人吃。「鱠」，指細切魚肉烹調成餚饌。「使目前鱠之」的「使」字之後省略了「負責煮魚之人」，並非要求左慈當下變出魚羹，以防他作弊。

(D) 「語頃，即得薑還，并獲操使報命」完整句法應為「（操）語頃，（左慈）即得薑還，并獲操使報命」，因此，應是曹操說完話，左慈馬上就取得薑回來，還傳達了曹操使者的回覆。

(E) 是指事後將當天發生的事與回到朝廷的使者一一核對，發現與當日左慈所說完全符合。

☆ 5-6：上蔡先生認為知識份子應該不受名利所縛，否則只是人云亦云、無法獨立思考的「能言鸚鵡」。朱熹更推進一層，批判只會空談、無法實踐的人是「能言鸚鵡」。本應承擔國家重任的知識份子只會賣弄口舌，而執政者也只會用漂亮的言辭治理國家，正是當今世道逐步淪喪的原因。可怕的是，還有蔽於表象、不辨虛實的人將「能言鸚鵡」視若鳳凰，更令人不敢苟同。

語譯：上蔡先生（謝良佐）說：「要能參透名與利這兩道關卡，才是處事的基本功夫。現在那些當官的士大夫就沒甚麼好說的了，他們實在只是會說話的鸚鵡罷了。」

朱熹先生說：「現在的秀才，教他說『廉』，也就只會說個『廉』字，教他說『義』，也就只會說個『義』字。等到要他親身實踐的時候，也只會做些不廉不義的事。」

這就是所謂的「能言鸚鵡」了。那些在下位的人只學著如何把話說得動聽，在上位的人當然也就用這些漂亮而不切實際的話來治理國政，這就是當今世道日益衰敗的原因。然而有些人看到這些會說話的鸚鵡，竟然將他視為鳳凰、鸑鷟之類的靈禽，擔心他們沒能豢養在帝王美好的園囿裡，不是很奇怪嗎？

5. 答案：(C)。

依據本文，今日世風之弊包括：為了名利而盲從，不能獨立思考；滿口仁義，卻不廉不義；在下位的士大夫、在上位的執政者都只會空談而不求實踐；被「鸚鵡」之「能言」蒙蔽的人，將「鸚鵡」視為「鳳凰、鸑鷟」。

(A) 本文以「鸚鵡」為喻，不是實指，更未提到豢養珍禽，甚至因之玩物喪志等事。選項敘述不切合。

(B) 由文中朱熹之言推論，當世之人可談廉學恥，卻不廉不恥，故「寡廉鮮恥」符合。但以「鸚鵡」之「能言」為喻，乃諷刺只會學舌、空談的人不務作為、不能實踐，強調士大夫、執政者言行不一，並非指責他們模仿剽竊，選項敘述不符合。

(C) 將「能言鸚鵡」視若「鳳凰、鸑鷟」，是「蔽於表象，不辨虛實」；士大夫、執政者只會空談而不求實踐是「不務履踐」。選項敘述符合。

(D) 文中「指為鳳凰、鸑鷟」是因有人被鸚鵡「能言」的表象蒙蔽，才會將強調言語、無能實踐的鸚鵡奉為神鳥。此類人確實「器識褊狹」，但尚知鳳凰高於鸚鵡，並非「唯學鸚鵡不慕鳳凰」。

6. 答案：(A)。

(A) 真正的君子希望說話慎重小心，行事勤敏積極，出自《論語·里仁》。與本文批判學舌、空談的觀點最切合，為正確答案。

(B) 話說得少能杜絕他人的猜忌怨恨，行事謹慎莊重可避免出醜，出自曾國藩語。本文所謂的「言語」強調徒務空談、只說不做，並未提及寡言、寡行的作用與影響。選項敘述與本文觀點不同。

(C) 所說的話、所行之事是能否成為君子的關鍵樞紐，而這個樞紐一動，就影響了一生的榮辱，出自《周易·繫辭上》。本句強調言行舉止對一生榮辱的影響，而本文則批判空談對世道的影響，二者強調的重點不同。

(D) 聆聽一個人的言談、觀察一個人的舉止，若不以功用作為判斷的標準，就算是這些人發表極為精要的言論、展現極為強勢的作為，都只是胡亂隨便的表現罷了，出自《韓非子·問辯》。本句強調君主應該以功效作為考核準則，而本文文末批判惑於口舌之能而將鸚鵡視若鳳凰的盲目蒙昧，二者重點不同。

☆ 7-9：宋江因罪（掩護晁蓋等人劫取生辰綱）發配江州，在潯陽樓上觸景傷情。想到滿懷抱負卻未能成就，淪落至此，再思因自己流放而與家人相見無期，傷感之際題壁作詩。字裡行間流露壯志豪情，也為日後梁山聚義埋下伏筆。

7. 答案：(B)。

(A)「風雅」意謂高尚不俗，宋江乃「犯罪遠流到此」又被「文了雙頰」，還自言「結識了多少江湖上人」，應不算風雅；至於作詩則是飲酒之後「潸然淚下。臨風觸目，感恨傷懷」，可見是一時興起，並非富於詩興，故非正解。

(B) 由宋江獨自飲酒後的念想：「目今三旬之上，名又不成，功又不就，倒被文了雙頰，配來在這裡」，可見其「落

拓」；再由後尋思：「倘若他日身榮，再來經過，重覩一番，以記歲月，想今日之苦」，可見其「豪情」。故題幹中藉描寫「宋江飲酒賦詩」，凸顯的性格應是落拓而有豪情。

(C)「慷慨」意為大方而不吝嗇，由文末「便喚酒保計算了，取些銀子算還，多的都賞了酒保」，可知宋江算是大方，又由「結識了多少江湖上人，雖留得一個虛名」可知他交遊廣闊。但此二者皆非藉描寫「宋江飲酒賦詩」所凸顯的性格，與題幹要求不符，故非正解。

(D) 宋江詩云「自幼曾攻經史，長成亦有權謀」，偏卻如「猛虎臥荒丘，潛伏爪牙忍受」，可見此處的「權謀」乃用以說明自己的天性稟賦，強調流落至此的無奈。且「權謀」二字僅出現於詩作之中，關於「宋江飲酒賦詩」的描寫並無具體呈現權謀城府的部分，故非正解。

8. 答案：(A)。

(A) 由前句「自幼曾攻經史，長成亦有權謀」可推知宋江在此以「猛虎」自比，然而「猛虎」卻只能「臥荒丘」、「潛伏爪牙忍受」，意謂才高卻只能屈臥荒丘、斂藏爪牙，可知他無處施展抱負。選項敘述正確。

(B) 由「他時若遂凌雲志，敢笑黃巢不丈夫」，可以看出宋江期許自己日後能夠「遂凌雲志」，屆時他就要嘲笑黃巢起兵未成了。此處將「遂凌雲志」與「敢笑黃巢」並讀，可知他想效法黃巢，一朝爭王，故「不齒黃巢舉兵動搖朝廷」的敘述有誤。

(C) 前一首〈西江月〉詞末寫道「他年若得報冤讎，血染潯陽江口」，後一首詩末則言「他時若遂凌雲志，敢笑黃巢不丈夫」，都提及若日後發展有成，定要有所作為。前詞「報冤讎」是要報因罪被流配於此的不甘心，「血染潯陽江口」加上他欲效法黃巢的「凌雲志」，可知他有意起兵作亂，並非

掃除匪寇以安定江州。選項敘述錯誤。

(D)「潛伏爪牙忍受」進一步敘寫「猛虎臥荒丘」的狀態，故「潛伏爪牙」意謂暫且忍耐不遇不平、無力施展的處境與情緒，「爪牙」指猛虎的尖爪和利牙，暗示自己的才能，並非手下兵馬。「飄蓬江海謾嗟吁」具體描述「心在山東身在吳」的情況，「飄蓬江海」指當下流配江州的遭遇。選項敘述完全錯誤。

9. **答案：(D)。**

觀察備選聯語，依字數可將戊、己分開，再依兩兩相對的原則，可知甲乙相對（「如無」對「果有」）、丙丁相對（「無影無蹤」對「有聲有色」）。接著判斷選項中上下聯的平仄：上聯末字必為仄聲，下聯末字必為平聲，可選出 (B)(D)。最後考慮文意：已知上聯末句為「丁、寫得有聲有色」，下聯末句為「丙、就會無影無蹤」，綜合其他聯語可推測上聯應是聚焦於宋江醉酒題詩之事，下聯則是水滸眾人梁山聚義之事，故乙、己、丁為上聯，而甲、戊、丙為下聯，答案為 (D)。

☆ 10-11：本文先說明有一主人跟他所養的八哥鳥感情很好，默契也極佳。接著敘述一次八哥鳥設局詐騙，並順利取得旅費的經過。

10. **答案：(C)。**

(A) 因主人欠缺旅費，八哥才提議將自己出售，主人一開始並不想這麼做。

(B) 八哥設局誆騙的對象是後來的買家，牠的目的與做法都是要幫助主人。

(C) 從八哥售出之前與主人約定碰面的時間、地點，文末又一同出現，可知他們以「賣八哥」為幌子，實則合謀詐財。

(D) 有人曾在西安看到八哥與主人出現，但文中並未提及他們是否在此故技重施。

11. **答案：(C)。**

(A)「攜至城，相問答」出現在他們談妥販

售八哥來換取旅費之後，可見其目的是為了刻意製造奇觀，以便吸引買家、提高身價。

(B)「給價十金，勿多予」看似已經站在新主人的立場替他著想、為他省錢，確實有助於取得王的信任。

(C) 主人的「懊恨狀」是故意做給買家看的，主要讓買家相信他賣掉八哥萬分不捨。同時，對八哥要新主人省錢害他沒能多賺點錢也感到憤恨後悔。

(D) 從八哥羽毛一乾就「翩躚而起」，立馬飛走可知，當牠洗完澡後「飛簷間，梳翎抖羽」、「尚與王喋喋不休」的舉動只是讓故意王以為一切如常，以致疏於防備，沒想到牠「顧盼已失所在」，讓王來不及反應，只能眼睜睜看牠逃走。

☆ 12-13：本文寫遭遇鼠患，觀察老鼠的心情與態度轉變。作者初時厭惡老鼠，後來轉而同情，加上牠們並未損壞物品，便以餅食飼之。最後，看到老鼠不肯吃自己吐出的餅屑、也不貪食多餘的餅餌，作者甚至以人的品格來讚美老鼠「狷介有禮」。

12. **答案：(D)。**

本題要填入轉折詞，細繹文義，第一個空格前後的文義相反，先表示厭惡老鼠的感受，轉念後認為牠們也不過是因為飢餓覓食，並未對其他物品造成損傷，所以應填入表示順接關係的連詞，「始⋯⋯」通常接的是「接下來⋯⋯」，選項中的 (A)(B) 皆表時間副詞，故可選出 (C)(D)。第二部分是用以強調老鼠不只有一項美德，先前已提及「狷介」（廉潔耿直），空格後又提到「有禮」，而「不無」就是「有」，常用於強調，但此處是表現出兩者兼有，不惟（不只、不但）更能精準指明包括兩者。

13. **答案：(D)。**

(A) 在桌上跳來跳去，就像是走在大道上，可見老鼠橫行無忌，毫不畏懼。

(B) 連蠟燭的灰燼都吃，可見飢不擇食。

(C) 雖然已經餓到吃蠟燭的灰燼，但是對人類吐棄的食物卻絕不碰觸，可見牠

們有所堅持。

(D) 作者對牠們竟然有獨特堅持（不吃吐棄的食物）感到吃驚，才放置兩餅來致意。在此之前老鼠就已經沒有損傷衣物書籍了，故二者並不相關。

☆ 14-15：本文寫越人沒有見過「車」，看到壞掉的車子，還以為車子原本就是這個樣子，而其他無知的越人也紛紛仿效。晉人、楚人看到，也曾嘲笑指正，卻被越人認為是有意欺騙，不加理會，甚至用這樣簡陋的車子去抵禦敵人入侵，結果大敗而歸，直到最後，越人都不知道真正的車子應該是什麼樣子。

14. 答案：(B)。

(A) 意指越人的家鄉不曾有過車子。「之」為助詞無義。

(B) 描述越國遊者載「車」回鄉炫耀，鄉人也相信了他的話。「之」為「越國遊者所說的話」。

(C) 指越人相信越國遊者的話，以為「車」是這個樣子，大家紛紛仿效這個樣子來做車。相屬，指連續不斷。之，指越人仿效的車子，即越國遊者發現的破車。

(D) 指越國人用這樣的破車去抵禦敵軍。「之」指敵軍。

15. 答案：(A)。

(A) 由「越人以為紿己，不顧」可知，越人認定晉、楚兩國人欺騙自己。

(B) 越國遊者的戰車原型就是已經損壞的破車，本已「無所用之」，根本談不上改造得不夠精良。用這樣的「戰車」去打仗，當然會被打敗。

(C) 越人並不知道「這樣的車」是殘破不堪用的，才會用來作戰，並非因輕敵而故意用來作戰，也不可能以此獲勝。

(D) 越國遊者是在「晉、楚之郊」發現壞掉的車，並未去毀壞晉、楚大軍的戰車。晉、楚嘲笑越人不知那是壞掉的車，還視若至寶，但並未入侵越國。而越人在戰爭中大敗，並未阻止敵國入侵。整句敘述完全錯誤。

範例 2 ─說理（第80頁到第83頁）

1.答案：(C)(D)(E)。

(A) 由「五代之詞，止於嘲風弄月，懷土傷離，節促情殷，辭纖韻美」可知「五代詞以私情綺語擅場」的敘述正確。由「情不囿於燕私，辭不限於綺語，上之可尋聖賢之名理，大之可發忠愛之熱忱」可知，宋詞題材更為擴大，除了私情綺語，更可用以「尋聖賢之名理」、「發忠愛之熱忱」，故「崇尚思理，風格弘闊」的敘述亦正確。但由「情不囿於燕私，辭不限於綺語」的「不囿」、「不限」可知，宋詞仍有「燕私」、「綺語」之作，故「不復纖辭美韻」的敘述錯誤。

(B) 由「辭纖韻美」可知，五代詞確實「篇幅短而合音節」，由「入宋則由令化慢」可知，宋詞確實篇幅較長，但二者皆可合樂演唱，並未因篇幅長短而有不同。故「因篇幅短而合音節」、「因篇幅長而音節漸失，難於演唱」的解說不正確。

(C) 李煜詞以南唐亡國為界，之前多「嘲風弄月」，之後則多「懷土傷離」。選項敘述正確。

(D) 蘇軾「以詩為詞」，用作詩的態度來填詞，抒情寫景、說理感事、懷古傷今，無一不可入詞，開拓了詞的境界，可視為「情不囿於燕私，辭不限於綺語」的代表。選項敘述正確。

(E) 辛棄疾為「愛國詞人」，其詞充滿報國的熱情，如〈破陣子·為陳同甫賦壯詞以寄之〉：「了卻君王天下事，贏得生前身後名」即是「大之可發忠愛之熱忱」的例子。選項敘述正確。

2. 答案：(A)

(A) 由「偵探小說的操作方式則相反，罪犯剛登場時是受認可的人物，而且往往受人敬重。這個面具要到故事最後才會被扯下來，露出違法者的真面目」可知，在偵探小說的尾聲，罪犯在讀者心中既有的形象往往會被顛覆。選

項敘述正確。

(B) 由「光明與黑暗會永無止境地相互抗衡，猶如偵探與罪犯的對峙」可知，偵探與罪犯在小說中就如同光明與黑暗，會「永無止境地相互抗衡」，並非無法同時存在。選項敘述錯誤。

(C) 由「有人認為閱讀犯罪小說的基本動機是宗教性的，透過儀式與象徵性的犧牲來除去個人或群體的罪惡」可知，閱讀犯罪小說的心理近似宗教透過儀式與獻祭除去個人或群體的罪惡，順此比喻，罪犯可能是「神聖的犧牲者」，因此被打扮成「需驅趕的惡魔模樣」。但「部落的獻祭活動」在此只是用以比擬閱讀犯罪小說的宗教性動機，並非犯罪小說起源於此。選項敘述有誤。

(D) 由「在故事中將偵探安排為凶手，通常會成為敗筆」可知，安排偵探為兇手並非不可能安排的結局，只是基於「顛覆法律」、「顛覆信仰」、「混淆光明與黑暗的力量」等理由，這樣的安排往往會成為敗筆。選項敘述有誤。

3. **答案：(B)。**
本文說明說堯在位時，四凶都以可用之大才擔任職位，因順服聖人而未顯露不善之心，自然未遭誅殺，而堯依然用其大才。到了舜從平民接受禪讓，成為天子，四凶才開始心懷憤恨而顯露惡行，舜就因著他們的惡行而將他們誅殺。

(A) 堯知四凶並非善類，但並非故意授以大位，使之彼此制衡，而是因他們有才幹又順服，因此就依其才幹而任用，未因他們惡名而誅殺。

(B) 由「皆以其才任大位」可知，堯並未因他們不善而全盤否定他們的能力，依然加以重用。

(C) 四凶心性本惡，並因舜為天子而由善轉惡。但他們確因舜得位後，「始懷憤怨不平之心而顯其惡」，不善之心才由隱而顯。

(D) 由「因其跡而誅竄之也」可知，舜誅

殺四凶並非因為他們只是「心懷惡念」者，而是已有惡行表露。

4. **答案：(B)(D)(E)。**
本文認為名片是「一個人的全部人格的表現」，並對當時華人使用名片的現象略加嘲諷。官職不夠大的人怕被看輕，往往以密密麻麻的官銜凸顯自己；參與洋務的人掛上洋名、洋姓，實為崇洋媚外的心態。

(A)「單印名姓而不加官銜」，是因為「官做大了，人就自然出名，官銜的名片簡直用不著」，並非「不看重外在的虛名」。

(B)「一般不大不小的人物」、「深恐自己的姓名太輕太賤」的人，都是無法自我肯定的人，才會「於是把古往今來的官銜」一齊印在薄薄的名片上，以證明自己的存在。

(C)「背上駄起一塊大石碑」用來嘲諷怕被看輕而在名片上印滿官銜的人，為負面形容，更無任重道遠之意。

(D) 作者認為通洋務者必在名片加上英文姓名，與前一段「深恐自己的姓名太輕太賤」而「把古往今來的官銜」印在名片上的作為類似。怕被洋人看輕，才要印上洋名甚至洋姓。「『湯姆』、『查利』都成」，只要印上英文便好，作者對這種崇洋媚外的心理語帶嘲諷，不以為然。

(E) 由「若有人把各式的名片聚集起來，恐怕比香菸裡的畫片還更有趣」以下列舉不加官銜的人、怕別人看清自己的人、加英文姓名的人等例，可知名片可看出人格表現，而文末也以「因為名片也者，乃是一個人的全部人格的表現」一語總結。

5. **答案：(D)(E)。**
本文寫出曾子在病重時仍堅守原則，意識到行為不當就立刻改正，並對弟子機會教育。

(A) 樂正子春非常了解曾子，知道曾子即使病重，只要聽到童子直率說出的話仍會馬上有反應，但這可能會影響他

的病況。並非因擔心曾子睡不著，才要童子勿執燭火。童子一開始便執燭在旁，才會看清曾子的席子不合禮制。

(B) 曾元愛護父親，希望曾子不要因為守禮，急著換席子而影響病情。

(C) 曾子責怪曾元，是因為季孫賞賜的席子不符合自己的身分，只要使用就僭越了，並非責怪他不懂得變通。季孫賜給曾子「大夫之簀」，不能算是善體人意。

(D) 此席是「大夫之簀」，曾子認為依自己的身分不能躺臥其上，故堅持要曾元為他換席。

(E) 由「君子之愛人也以德，細人之愛人也以姑息」可知，曾子認為「君子」與「細人」的愛，最大的不同在於君子堅守道德界線，而細人則姑息錯誤，反而造成對方道德上的瑕疵。

6. **答案：(D)(E)。**

本文評論朱、陸後學攻擊對方時，必然會標舉朱、陸外在形式的特色，但其實這些都是抱殘守缺、空言妄談的人。不管「自命陸、王以攻朱者」或「自命朱氏以攻陸、王者」，都應歸類在「偽陸王」一派，因為像陸、王那樣空談容易，要像朱熹那樣鑽研實學很困難。

(A) 題文並未明確比較或談論陸、王學與朱學的優劣，但由文末「空言易，而實學難」可推知作者認為朱學略勝。

(B) 依文章脈絡，陸、王學者比較可能以「繁密」攻擊朱學；「空言」應是陸、王學者會被朱學一派攻擊的重點。

(C) 朱學之學者應是批評陸、王學說為「空靈」、「空言」；「繁密」是朱學特色。

(D) 依作者觀點，這些「以朱學自命而攻陸、王者」也算是「偽陸王」，因為他們也只會空言，沒有實學，故可說他們未必真知朱學。

(E) 由「而自來門戶之交攻，俱是專己守殘，束書不觀，而高談性天之流也」可知作者「鄙視束書不觀，而高談性天者」；由「空言易，而實學難」可知作者崇尚實學。

7. **答案：(A)(C)。**

(A) 本文開頭便說「我常愛中國古人的田園詩，更勝過愛山林詩」，其後又云「田園、山林，同屬自然。但山林更自然，田園則多屬進了人文」，可見關鍵在於人文因素。

(B) 許由「似其外圍天地比伊尹的更大，實則比伊尹的轉小」，作者認為他「逃於箕山之下，洗耳不迭，反而心胸狹了」，選項敘述錯誤。

(C) 伊尹「耕於有莘之野」，過著「田園」生活，是人文與自然結合；「樂堯舜之道」、「其心生有大天地」，可知更能擔負經世濟民的重責。

(D) 由「養以大天地，其所生氣自大，養以小天地，則使人困限在小氣中」可知生活天地的大小足以決定其心胸氣度，與抱負、涵養密切相關。

(E) 作者認為孟子的理論「實是一極大啟示」，可見其充分肯定與認同。

☆ 8-9：吳魯芹以詼諧的筆調，說明傳統華人社會為表達尊重，常以教授、博士等逾越實際的稱呼尊稱，讓他難以直言推卻，卻受之有愧。第一段描寫自己面對這些抬舉，感到尷尬。第二段則記述自己受之有愧的困窘經驗。

8. **答案：(A)。**

人心不古：感嘆現在的人，失去古人的忠厚淳樸；不學無術：沒有學問才幹。本文主要描寫社會上的稱呼名實不符、流於浮誇的現象，與真實學術成就無關，因此第一個空格「人心不古」較佳，可選出 (A)(B)。吳魯芹遭收發老人誤會虛造名銜，並未逞弄學問，強居老師，因此第二個空格「招搖撞騙」比「好為人師」更適切，答案為 (A)。

9. **答案：(B)。**

(A) 學校未曾破格提拔為博士，作者的不安與此無關。

(B) 由「此種善意的逾格提拔，受者是窘不堪言的」、「類此擡舉的洗禮」可知，作者自認被稱為「博士」的「虛銜」，

是名不副實的「逾格」、「擅舉」，受之有愧。

(C) 文中並未提及自己不重浮名，但由「受者是窘不堪言的」可知，作者對他人奉承的尊稱深感不自在。

(D) 司閣並未「不假辭色的批評」，而是以動作、聲音表達嘲諷。作者的愧疚並非出於自己的虛榮心，而是向來對這種虛衒受之有愧，此時更深感困窘。

範例 3 ─ 比較（第85頁到第87頁）

1. 答案：(A)(B)。
   (A) 由「詩是心聲」，「不可違心而出，亦不能違心而出」可知甲文主張詩為心境的呈顯，不應、也無法違背真實心境而作詩。因此熱中功名的人，寫不出隱逸的作品；輕浮的人，也寫不出大氣端莊的句子，陶潛、李白、杜甫、蘇軾等大家的名作，也都是依循心境情感的自然流露，無法虛矯造作。
   (B) 乙文提到詩文隨時代變遷，有其必然趨勢。一種文學體裁發展久了，不可能一直沿襲舊有的那一套。如果背離前人那一套，可能失去詩的本質；如果過度模仿前人，可能丟失自我的獨特性。因此，乙文主張創作既要接續傳統，又要開創出自我獨特的面貌，並舉李杜為例，說明他們所以卓越，就在於能夠掌握接續傳統與開創自我之間的分寸。
   (C) 敘述相反：應是甲文留意作品與情志的聯結，乙文著重文學與時代的關聯。
   (D) 甲文提及李白遺世脫俗、杜甫關心民瘼，皆因其各人情志而表現不同風格；乙文則強調李杜之詩有其獨特性。二者皆與雄渾高遠的詩境無關。
   (E) 僅甲文提及心性與詩文表現的關係，且二者皆未提及須先涵養心性再專研詩藝。

2. 答案：(A)(D)。
   甲文提及過往的戲曲創作流於瑣碎，對風俗教化沒有助益，不值得欣賞。而《琵琶記》不是消遣娛樂，也不重在音樂曲調，意在強調子孝妻賢的風俗教化主題。乙文中，沈璟舉何元朗的說法，主張譜寫戲曲就算不合乎世俗流行的審美角度，也應該依循音律，才能符合「樂府」特質。乙文反映崑劇史上的「湯沈之爭」：湯顯祖重「才」，而沈璟重「律」。湯顯祖《牡丹亭》盛行，「寧可拗折天下人嗓子」；沈璟則認為湯顯祖之作常不合律，主張「無使人撓喉捩嗓」，反對當時人過於重視綺麗文詞，卻不深究聲律。
   (A) 由「不關風化體，縱好也徒然」、「子孝共妻賢。正是駢驪方獨步」等語可知，甲文認為傳奇曲文搬演故事，應具備移風易俗的教化功能。
   (B) 沈璟主張作者越有才華，越要斟酌字句讓曲文「合於音律」，並非以通俗為標準。
   (C)(D) 甲文強調戲曲要重教化，乙文則強調須合於音律聲腔，就算不受賞識也無妨。
   (E) 乙文為使曲文符合音律，力求經營斟酌，而由甲文「也不尋宮數調，只看子孝共妻賢」可知重在教化，對聲律並不講究。選項敘述僅乙文符合。

3. 答案：(C)(D)
   甲、乙兩文比較樂府與詞曲創作方式的異同。甲文說明漢武帝時因為建立祭祀天地的儀式，下令司馬相如等人作詞，李延年則為新作的詩歌配樂。乙文引宋翔鳳的說法，認為宋元之時，歌詞與曲調合為一體，以文字寫下的部分稱為「詞」，依照聲調譜上音樂就稱為「曲」。龍榆生則進一步說明，認為詞、曲都要搭配音樂，因先有曲譜，再有詞，所以有填詞、倚聲之說。跟古樂府最早只是口唱，後來有人配樂的創作方式不同。
   (A) 李延年的「新變聲」已經「承意弦歌所造詩」而作的「新聲曲」，不是「徒歌」的「古樂府」。
   (B) 白居易「新樂府」乃以文字反映社會現實，另製新詞，且不可入樂，並非「先有聲而後有詞」。
   (C) 由「詞、曲皆有曲度，故謂之填詞，又

稱倚聲，並先有聲而後有詞」，可知宋詞是先有曲調，再依譜格填上新詞。

(D) 由甲文首句「延年善歌，為新變聲」，可知李延年為「知音者」。再由「令司馬相如等作詩頌，延年輒承意弦歌所造詩」的描述可知，李延年替司馬相如等人作的詩頌搭配樂曲，即所謂「為之作曲，被諸管弦」。

(E)「宋元之間，詞與曲一也」指二者的歌詞與曲調合為一體，為音樂文學，且創作方式也都是「先有聲而後有詞」，並非意謂宋詞、元曲的押韻和協律方式相同。

☆ 4-5：〈慶全庵桃花〉說明自己尋到一處像桃花源那樣的世外仙境，正好可用來躲避像秦朝那樣的暴政。看到桃花開了，轉眼間又過了一年。希望花兒凋謝時的花瓣掉落、隨水流走時，別讓漁郎發現而前來探詢。〈桃花〉描述海岸、山邊，處處是桃花盛開的春色美景，真是躲避亂世的世外桃源，又何必一定要回到武陵去呢？

4. 答案：(A)。

(A) 由「怕有漁郎來問津」可知謝枋得不希望所居的「桃花源」被外界打擾。

(B) 由「千載避秦真此地，問君何必武陵回」可知，徐孚遠認為此「桃花源」之地可安居久留，不需要再回武陵去了。

(C) 由背景可知，二人都曾隱居。二詩皆用「避秦」二字，亦寓躲避時亂之義，但並未因傾慕陶淵明而四處尋訪「桃花源」。

(D) 二詩皆將當下隱居之處比喻成躲避時亂的世外仙境，取陶淵明「桃花源」的寓意，但皆非陶淵明的桃花源遺址。

5. 答案：(C)。

(A) 由作者背景可推知徐詩描述之地應是臺灣，因此「武陵」應是指他的家鄉江蘇。

(B) 謝詩怕「漁郎」干擾世外桃源，所以「漁郎」絕不可能指自己，而是別人。

(C)「避秦」之典出自〈桃花源記〉，原為避亂之地。在這兩首詩作中，謝枋得

曾率兵抗元、徐孚遠曾參與抗清，可知二人都在此地躲避異族統治。

(D) 前者強調不希望自己避世而居的行蹤被洩露。後者則用以說明避居地的美好，由「春色等閒來」、「桃花朵朵開」等語，流露出避世而居的喜悅。選項敘述僅徐孚遠詩符合。

☆ 6-7：甲文以「面具」和「人面」對比，指出人常常不願表達真實的感受。第一段先講面具的臉貌多樣，但從不改變；第二段講人面的不可靠，表裡不一；第三段強調人要學習面具的坦率，但不應「戴面具」。乙文談「好幾年只帶一個面孔」跟「以驚人的速度在換面孔」兩種人，實則是談人的面貌態度。一種人從一而終，堅持不變；另一種人則為了達到目的，會用各種方式掩飾真實感受，然而，「變臉」到最後，終究也會無從掩飾而被看穿。

6. 答案：(B)。

(A) 引用文句乃形容面具，因此並非「心如止水」、「無動於衷」，而是原本就無心情可言，無法改變。

(B) 引用文句說明常換面孔的人習慣以巧詐多變的態度處世，但因為沒有「慎用面孔」，遲早會被看穿，因而形跡敗露，再也無從遮掩。

(C) 甲文「面具後頭應該讓它空著才好」是指「人不要去戴面具」；乙文的「無面孔」是指長年所用來掩飾的臉「有的地方起破洞，薄得像紙。然後，襯裡也露出來」，表示再多的掩飾總有一天終會露出真面目，再也無法欺瞞他人。

(D) 甲「紙製的面具」是指客觀存在的、真實的面具；乙文「薄得像紙」是指即將無法掩飾真實面貌的臉。

7. 答案：(B)。

(A) 乙文應是「真誠」和「虛偽」或「固執」和「多變」的對比。

(B) 面具「始終如一」，人面容易「表裡不一」，選項敘述正確。

(C) 選項敘述僅乙文符合，甲文並無此描

寫。二者均透過形象描寫的應是「變」的虛偽（人面、常換面孔）與「不變」的真誠（面具、從不換面孔）。

(D) 甲乙二文中的兩個對象，都是自主選擇的表現，沒有著眼於「受人喜愛」或「令人憎惡」的外界反應。選項敘述甲乙皆不符合。

(三) 依據要求，歸納重點

範例 1 ─ 敘事 （第89頁到第91頁）

1. 答案：(A)
   (A) 由先前「為秀才時」，售書賣畫「無識者」的「落拓可憐」之狀，對比其後重回故地卻「索先生墨妙者，戶外履常滿」，可看出世人前倨後恭的反應只因鄭板橋「旋登甲榜，聲名大震」。文中所志之憤是「二十年前舊板橋」，亦即批判世人以聲名為評鑑標準，根本不懂欣賞真正優秀的作品。選項敘述與文意最相符。
   (B) 文中並未提及小人當道，而其後「復舉於鄉，旋登甲榜」，可見亦非懷才不遇。選項敘述與文意不符。
   (C) 文中乃比較「為秀才」與「登甲榜」後迥然不同的遭遇，並未描述宦海浮沉、身不由己的過程。選項敘述與文意不符。
   (D) 「聲聞過實」意謂名譽、聲望超過實質。由「無識者」可知鄭板橋在登科之前的書畫亦佳，只因沒沒無聞而乏人問津。今因登科而聲名大震，方有爭相求索的盛況。本文強調鄭板橋的書畫水準並無不同，並非聲聞過實，浪得虛名。選項敘述與文意不符。

2. 答案：(C)。
   選文出自曹雪芹《紅樓夢》第三十二回「訴肺腑心迷活寶玉／含恥辱情烈死金釧」。金釧兒原是王夫人房中的丫鬟，那日王夫人在房裡睡著，寶玉來到房裡與金釧兒調情，金釧兒講了句「金簪子掉在井裡頭」觸了眉頭，王夫人當初認定金釧兒在詛咒寶釵，醒來之後「照金釧兒臉上就打了個嘴巴子」，罵她「下作小娼婦，好好的爺

們，都被你教壞了」，然後攆她出去。金釧兒後來投井而死。王夫人既後悔又心虛，誣賴金釧兒弄壞東西來自求寬解，而寶釵明知道，也跟著回應說會不會是金釧兒自己不小心失足淹死？又更退一步說，就算真如王夫人所說是氣性大投井而死的，也是金釧兒自己糊塗，跟王夫人扯不上關係。種種說詞都是為了讓王夫人卸下她的罪惡感，別把金釧兒的死放在心上。

☆ 3-4：本文先總說「人情狙詐，無過於京師」再以自己買到黑心的墨與蠟燭、堂兄買到黑心烤鴨為例，說明被詐騙的經過。

3. 答案：(D)。
   從敘述可知，紀昀要講述自己被詐騙的故事，所以第一處□，宜用「嘗」，意為「曾經」，可選出 (C)(D)。第二處□，提到假烤鴨，先羅列假的部分，包括只剩骨頭，外表是紙，裡面是泥，末句則說「兩掌頭頸為真」，可見和前面對照，是要說「只有」兩掌頭頸是真的，故填「惟」，可知答案為 (D)。再以第三處□印證：前文先鋪敘靴子不堪雨淋，後文再揭開原因，故用「原來是」，為「蓋」字，可確認為正解。

4. 答案：(A)。
   (A) 第一個黑心商品是假古墨，無良商人用了一個「黯敝」的「漆匣」，並覆上白霜來行騙。
   (B) 假烤鴨買回家，一打開來看就發現它只是用鴨的空架子塞滿泥巴做成的，根本沒有鴨肉，並非吃完才發現。
   (C) 文中四個黑心商品都非真貨，文中亦無藉真品取信以利銷售的敘述。
   (D) 購買者都被仿真的外表矇騙，而非貪圖便宜所致。

☆ 5-6：朱買臣貧賤時，妻子瞧不起他，朱買臣不甘受輕視，說有算命先生預測他五十歲後就會發達，希望妻子不要小看他。沒想到朱買臣之妻完全不相信，還出言嘲諷，更斷言朱買臣到了五十歲仍然窮困潦倒，死了或許在地府裡還當個判官，此生就別妄想了。

5. 答案：(B)。

由上下文意可推知，朱買臣應是要妻子莫要小看他。

(A) 比喻世事吉凶難以預料。

(B) 比喻不可小看別人。

(C) 長期培訓軍隊，以備一時用兵之需。

(D) 比喻人心的善惡，須經時間的考驗才能得知。

6. 答案：(D)。

(A) 朱買臣之妻根本不相信算命先生的話。

(B) 她認為算命先生故意嘲笑朱買臣。

(C)(D) 她認為他餓死有分，但沒命做官，此生注定窮愁潦倒。

☆ 7-8：本文藉衛靈公與史鰌、子路、子貢三人的對話，闡明各自的立場，並強調對儒家而言，教育才是國家的根本。

7. 答案：(A)。

從史鰌說明大理的職掌是執法斷獄，可知答案為 (A)。

8. 答案：(B)。

子貢認為「教化」是施行政治最重要的部分，同時舉出禹收服有扈氏的例子，強調只要修明教化，法律的執行自然嚴明、軍事自然強盛，不需再多著力。

(A) 戰爭時以力相抗是下等計策，收服人心才是上策。與子貢所言不符。

(B) 說明修明禮樂教化可以使得遠方國家歸服，與子貢的主張最接近，故為正答。

(C) 說明儒家的教育強調學習祭祀禮制，不重戰爭之事。

(D) 從政的關鍵舉措，在於避開不應當做的事：不教化人民，卻在他們無知犯罪後加以刑殺，就是所謂虐殺百姓；不先提醒告誡，卻苛求人民達到成效，就是對百姓暴戾；沒有給出足夠的時間，卻要求人民如期完成，就是傷害百姓。與子貢所言不符。

☆ 9-10：本文說明腓尼基人重視貿易，在地中海沿岸建立許多據點，而後在北非建立迦太基王國。希臘人則在生活富裕、人口增長之後往外殖民，與迦太基王國在西西里島彼此競爭、攻伐，最後反讓羅馬獲利。最後比較兩者：希臘人殖民會順便移

植他們的文化，而迦太基人則僅把城市當作商業據點。

9. 答案：(C)。

(A) 前半敘述正確，但建國後迦太基與希臘勢力相互競爭，讓羅馬漁翁得利。

(B) 迦太基人殖民只求擴張商業據點，希臘人才以文化收編。

(D) 因為迦太基人「厭煩佔領之後的瑣碎雜事」，所以只想得到商業據點，不會建設城市。

10. 答案：(A)。

由希臘人形容迦太基人「為了搬運燒洗澡水的木柴而弄得灰頭土臉，卻始終沒去洗澡的驢子」可知，他們眼中的迦太基人只知不斷累積財富，卻不懂得享受舒適的生活。

範例 2—說理（第93頁到第94頁）

1. 答案：(A)。

本詩先藉許由聽聞堯欲讓位於己、感覺耳朵受到污染而在穎川之濱洗耳，以及伯夷、叔齊恥食周粟、隱於首陽山采薇維生之事，說明自己對隱逸的看法，認為應「含光混世貴無名」，不必特別標舉孤高。接著以伍子胥、屈原、陸機、李斯等人為例，說明功成不退皆不得善終，最後更以張翰因思念家鄉的蓴菜、鱸魚而毅然辭官，表明所嚮往的生活情態。

(A)「吾觀自古賢達人，功成不退皆殞身」以下，列舉伍子胥、屈原、陸機、李斯等人為例，更以「華亭鶴唳詎可聞？上蔡蒼鷹何足道」強調陸機、李斯臨死前的懊悔，懷念尚未顯貴時的「華亭鶴唳」、「上蔡蒼鷹」卻已不可復得，可見本文所揭示的人生態度應是急流勇退，明哲保身，以免不得善終。選項敘述最符合，故為正解。

(B) 由「有耳莫洗……，有口莫食……」、「何用孤高比雲月」可知，對於許由、伯夷、叔齊等人的孤高行為，李白並不贊同，所以他的人生態度絕不可能「志在清高」；末句強調喝酒之樂，

並不符合「養身」的原則。

(C)「含光混世貴無名」意謂真正的隱逸者應是和光同塵，收斂鋒芒而能與囂雜塵俗相融合，不會特別標舉孤高。「混世」指與世俗混同，並非放浪形骸，任俠行義。

(D) 由詩末對張翰毅然辭官的欣賞可知，作者認同「不求顯達」的人生態度；但詩中並無關於「逆境」(不被賞識、懷才不遇)的描寫，伍子胥等人的處境實為臨死前的絕境。他們原本平步青雲、身居高位，只是功成不退而不得善終，故「順處逆境」的敘述有誤。

2. 答案：(B)。

本文說明評論家應：言之有物，有一己之見；條理井然，勿過度旁徵博引；文采斐然，遣詞用字，生動靈活；情趣盎然，心境清明而情懷飽滿。

(A) 本文只說「不可將西方的當令理論硬套在本土的現實上來」，並未提及是否關注本土現實或與西方理論進行比較。

(B) 由「首先是言之有物，但不能是他人之物」可知，應能針對作品闡述己見。再由「只要把道理說清楚就可以了，不必過分旁徵博引」、「文采斐然，不是寫得花花綠綠，濫情多感」可知，不必刻意逞詞炫學。

(C) 由「若更佐以比喻，就更覺靈活可喜比喻」可知，比喻乃用以強化「遣詞用字，生動自然」的程度，與解讀作品、安頓心靈無關。

(D) 由「知性之中流露感性」、反對「濫情多感」可知，應是知性與感性並具，並非以感性情味為尚，也不致因知性而顯枯燥。

3. 答案：(A)。

極短篇易寫難工，其「難工」之處就在於必須以最經濟的文字，於有限的篇幅內，呈現動作、人物與環境，表達故事旨趣。故 (A) 為正解。

(B) 由「真正的極短篇乃是以最經濟的筆法」，可知前句敘述正確。而由「把

動作、人物與環境呈現在單一的敘述過程中」可知，敘事並不繁複。

(C) 由「是一種講求語言容量的藝術」可知講究語言精練，但限於篇幅，且由「把動作、人物與環境呈現在單一的敘述過程中」可知，難以細膩刻畫。

(D) 由「一般人認為敘述一則故事、製造一個意外的結局，便是極短篇的典型樣貌，卻不知真正的極短篇⋯⋯」可知「為故事塑造意外結局」是一般人的看法，並非極短篇真正重要的特色。

4. 答案：(C)。

綜觀全文，惠施的看法，只有一點：既生而為人，怎能無情？(A)(B) 敘述無關。而莊子說無情是「常因自然」、「不以好惡內傷其身」，可知答案為 (C)。且順自然而無情不會「內傷其身」，並不會「不利養生」，故 (D) 敘述不正確。

5. 答案：(C)

題文說明西螺柑可在「圍爐飲酒」、「對燭讀書」的時候吃；也可以在腸胃躁熱之際、口乾舌躁之時吃。它的汁液，能解酒醒腦，提振精神。在它流出甘美汁液之後，味道更醇厚；在開始剝皮之時，就繚繞水果冷香。

(A) 由「熱腸之際，燥吻之餘」的食用時機，可知西螺柑可清熱。「圍爐飲酒」才可「驅寒生暖」。

(B) 由「熱腸之際，燥吻之餘」可知能「清熱」。由「醉意能醒」可知能「醒酒」。但並無「入藥」之說。

(C) 由「幾回寒味，醞釀流甘之後；一座冷香，繚繞擘瓣之初」可知其滋味清芳。沁人心脾：滲透到人的心肝脾臟，形容感受深刻。

(D) 西螺柑能解酒，但並未提及「可製佳釀」。

6. 答案：(C)。

(A) 由「吾嘗三仕三見逐於君，鮑叔不以我為不肖，知我不遭時也」可知，至少是管仲同意鮑叔「不以我為不肖，知我不遭時」的看法，並未自認不如

鮑叔牙。

(B) 文中並未述及鮑叔牙的提拔。應說是鮑叔牙的賞識、理解與體諒，最終管仲才得以顯名。

(C)(D) 由「知我不羞小節，而恥功名不顯於天下也」可知管仲以功名不顯為恥，因而不顧小節。管仲認為自己是謀大事的人，對過去一些不合義理的行為，他同意鮑叔牙的說法，自認只是不拘小節。

7. 答案：(A)。

依據本文，飾攻戰者舉的例子只有四個國家，其他更多國家未必因攻戰而有土地或人民的增加。只用四個國家當例子就要說明攻戰有效，這是「以偏概全」。

(A) 以少數的例證或特殊情形，強行概括整體。

(B) 使別人蒙受損失而讓自己獲利。

(C) 貪心而不滿足。

(D) 注意這個卻忽略了那個。指不能全面兼顧。

二、答案在文本之外

(一) 判斷意旨

範例 1 —白話（第96頁到第99頁）

1. 答案：(A)。

本文以音樂比喻生活的態度：聽馬勒的音樂可以「隨時分神，隨時回來」，因為「每一段都很動人，而且每一段似乎都很熟悉」，就像我們被允許犯錯，隨時可以重來，順其自然、圓融自在。聽貝多芬卻「不能分神，錯過一段都不行」，因為他的音樂「苦心經營，一小段、一小段往前推，像數學證明題，一步錯不得」，處處講究邏輯和意義，為求完美，甚至寧可碎裂，也不接受與瑕疵共同存在。文末「破碎的難蛋殼怎麼拼得圓滿光滑呢」的體會是指應選擇如馬勒音樂般輕鬆、舒適的生活態度，無須追求完美。故答案為 (A)。

(B)(D)「寧為玉碎，不為瓦全」、「一絲不苟，責備求全」都是貝多芬式的嚴謹人生。

(C)「破鏡難圓，殘缺不全」僅扣住「破碎的蛋殼」一詞的殘缺，但作者的體會是：生活應要圓融自在，並非破碎殘缺、破鏡難圓。

2. 答案：(A)。

本文第一段描述法蘭克福是交通樞紐，在金融與經濟方面的地位也舉足輕重。第二段描述此地是工商業城市，也是文化古都。第三段說明市容樣貌與自然美景。綜合所有條件，「與時俱進的文化古都」既能呈現法蘭克福具備現代化城市的生命力，又能兼容人文風情與自然美景，最能概括文章內容。

(B) 只能呼應第三段。

(C) 只能呼應第二段後半。

(D) 只能呼應第一段與第二段前半。

3. 答案：(C)。

首二句描繪天上織布機停止運轉、月梭也停止穿送，因為織品（瀑布）已然織成。雪白的絲綢由聳立的石壁直垂而下，寒光閃閃。再仔細一看，是一縷一縷帶雨的冰絲，掛在天空中。先以織品的顏色質地形容瀑布，再寫瀑布是千年也曬不乾的布，狀其奔騰之景，最後用虹與龍來寫其綿延雄偉的水勢。本首散曲原題為〈重觀瀑布〉，從形狀、顏色、奔流之勢來描寫瀑布的壯觀景象。

4 答案：(D)。

由「我發現我可以擊敗你，你不知道我心裡有多害怕。我看不到天地的邊，不知道該往哪裡去」可知玉嬌龍描述自己太強大、找不到對手、不知還能如何前進的恐懼與孤獨。胡適說明為什麼「沒有高手也沒有對手的社會」會很危險，「既沒有人指導你，也沒有人啟發你。勝敗必須一人承擔」也是一種恐懼與孤獨。故最切合的選項是 (D)。

(A) 出自王之渙〈登鸛雀樓〉。比喻站得更高，才能看得更遠。

(B) 原句為「自古功名屬少年，知心惟杜鵑」，出自陸游〈長相思〉。說明自古以來，功名富貴都是年少時追求的

理想，如今年紀老大，只有杜鵑的啼聲傳達出心中的悲切與無奈。

(C) 出自蘇軾〈卜算子〉。描寫鴻鳥飛盡了寒林，找不到能夠棲息的枝頭，寧可獨自在清冷的沙洲忍受著寂寞，表達不願屈從流俗的堅持。

(D) 本句節錄自霹靂布袋戲風之痕出場詩「昂首千丘遠，嘯傲風間，堪尋敵手共論劍，高處不勝寒」，意謂渴望找到能夠一同切磋的對手，暢快論劍，否則獨自一人，站在孤絕的頂峰實在讓人難以承受。

☆5-7：本文描述趙成陽堪家中發生火災，兒子去借梯子，卻還拘泥於完成整套賓客之禮，等借到梯子，家宅都已焚燒殆盡。旨在譏諷墨守成規、不懂得通權達變、不能審度時勢的迂腐之人。語譯：趙國成陽堪的家裡失火，他們想要滅火，卻沒有梯子，成陽堪立刻派兒子成陽胕去找奔水氏借用。成陽胕穿戴了正式的帽子和禮服，從容不迫地前往。到了奔水氏家，見到奔水氏，先與奔水氏三次相互答拜，才進入正廳，然後在西邊客室安靜地坐著。奔水氏也自然盡主人之誼，命令招待賓客的人準備筵席，擺上肉脯、肉乾等酒菜來待客，成陽胕站起來舉杯，飲盡奔水氏的敬酒，並斟酒回敬。喝過酒之後，奔水氏這時才開口問道：「您光臨寒舍，一定有原因，冒昧請教有什麼事嗎？」成陽胕回答說：「上天在我家降下禍事，引發了火災，現在火燒得越來越熾烈，我們想從高處灑水來滅火，但手又沒有長翅膀，沒辦法飛，只能眼睜睜地看著房子被燒而大喊大叫。聽說您家中有梯子，何不借給我們呢？」奔水氏聽完，急得直跺腳說：「你怎麼會這麼迂腐啊！你怎麼會這麼迂腐啊！在山裡吃飯遇見老虎，一定會把飯吐出來趕緊逃跑；在河裡洗東西撞見鱷魚，一定丟掉鞋子趕快逃跑。現在家裡都燒成這樣了，還是你揖讓客套的時候嗎？」急急忙忙抬著梯子跑去，等他到達，成陽堪的房子已經化為灰燼了。

5. 答案：(D)。
(A) 由前句「盛冠服」及後文行禮如儀、說話慢吞吞的樣子，可知他是從容不迫地去借梯子，並非心虛以至於膽怯地前往。
(B) 因成陽胕不請自來，奔水氏以禮相待之後，以「必有命我者」一語詢問成陽胕的來意，本為好奇詢問的敬謙之詞，此處意為一定有什麼事需要幫忙。「命」為差遣之意，並非「救命」，發話者非胕，而是奔水氏，故救命之說於文意不合。
(C) 盍，何不；乞，給予。整句意為：何不把梯子借給我們？由文中詳細描述前因後果，連沒有長翅膀的閒話都說出口，可見成陽胕說話時仍是一貫從容不迫地提出要求，並無埋怨之意。
(D) 由下句「濯谿見鱷」可推知「飯山逢彪」應指山上吃飯時遇到老虎，一為水中，一為山上。選項敘述正確。

6. 答案：(C)。
(A) 看見／代詞性助詞，代指「我」。
(B) 奔跑／步行。
(C) 皆為借。
(D) 是／才。告訴乃論是法律用詞，指需經被害人或告訴權人提出訴訟，才能審理的案件。

7. 答案：(C)。
依據文本，可知本文主要譏諷的對象是成陽胕。奔水氏是盡職的主人，以待客之道盡主人之誼，並非虛榮浮誇、惺惺作態，更在了解狀況後，立即做出正確的處置，只是為時已晚，屋子已被燒光。因此「指揮若定、功成不居」並不適當。至於成陽胕，在緊急狀態下還固守禮數，可見他實在是食古不化、不知變通。或許成陽胕確可算是「處變不驚、溫文有禮」，但由奔水氏「頓足」，且連呼兩次「子何其迂也」的反應，可知成陽胕的作為並不值得讚美。

☆8-9：本文說明蘇東坡到黃州之後親見滿地落菊，才驚覺王安石「黃花滿地金」

的詩句果然為真，而當初竟自以為是地續詩反駁，且誤以為王安石因此記恨，貶他到黃州。如今了解王安石所言不虛，本是自己見識不足，以小人之心說人笑人，實不可取，應引以為戒。

8. 答案：(D)。
   (A) 東坡與陳季常兩人登山玩水、飲酒賦詩，由「軍務民情，秋毫無涉」可知，二人絕無可能共議軍務民情。
   (B) 文中菊花乃定惠院長老所贈，未提及陳慥是否贈菊。
   (C) 定惠院長老贈東坡菊花，而東坡栽於自己後園，因此菊瓣遍地應是東坡後園之景。
   (D) 蘇東坡當年以為王安石詠菊詩不實，到黃州之後親眼看到滿地落菊，才知王安石所言不虛。

9. 答案：(A)。
   缺空處文句依文章脈絡可知實為本篇主旨。文中陳慥先言「廣知世事休開口，縱會人前只點頭」，強調人不要自作聰明、自以為是。東坡又補充「真知灼見者，尚且有誤」、「不可輕易說人笑人」，可知自省應謹記教訓，不可再犯，故「經一失長一智」最適切。

☆ 10-11：本文先佈置了一個懸疑的場景，雨夜中青年闖入民宅，而民宅主人是一位老人，看似情勢不妙。沒想到，老人表現十分從容，引起讀者懸念，並由青年身上的囚衣帶出自己對監牢的狀況很熟悉。這是文章第一層轉折。其後發展，更出乎青年與讀者意料，老人知道自己安全無虞，仍能同理青年的立場，沒讓獄警進門抓人。青年喝完老人的咖啡，或許象徵他也接受了感化。

10. 答案：(C)。
    老人提到他的槍已經二十年不上子彈了，根本不用害怕青年開槍。

11. 答案：(B)。
    本文重點在交代老人對待青年的態度、方式。故答案為 (B)。

範例 2 —文言 （第100頁到第101頁）

1. 答案：(A)。
   (A) 鵲鳥預先獲知這年天氣多風，所以從高枝遷離，在伸手可及的樹枝上築巢。沒想到從此以後，成年人經過就能看看巢中的幼鳥，孩子們經過就隨意拿起鳥蛋來玩，符合「知道防備遠處的禍害，卻忽略近處的危機」的題幹要求。出自《淮南子·人間訓》。
   (B) 鄭縣人卜子要求妻子為他做一條褲子，妻子詢問他：「現在這條褲子要做成什麼樣式？」鄭縣人回應：「就跟原本舊的褲子一樣。」妻子就把剛作好的褲子弄壞，讓它跟舊褲子一樣。旨在藉卜子之妻諷刺刻板保守、不知變通的人。文中雖有「有失明智」之處，但並無防範遠近禍害之意，與題幹要求不符。出自《韓非子·外儲說左上》。
   (C) 周國有個愛好皮裘與美食的人，為了製作貴重的皮裘，竟然直接找狐狸商量要剝牠的皮；為了準備祭祀時的美味佳餚，竟然直接找羊要求牠提供身上的肉。他的話還沒說完，狐狸們一隻接一隻相繼逃往深山，羊群們也相互提醒躲藏在密林裡。說明要損害對方利益，卻要求對方合作，必然不會成功。「狐相率逃於重丘之下，羊相呼藏於深林之中」確實是為了防範禍害、危機，但並無「防備遠處，忽略近處」之意，與題幹要求不符。出自《符子》。
   (D) 從前齊國有個人很想要金子，一大早穿戴整齊前往市場，到了賣金子的地方，就把金子搶走然後離開。官吏很快地抓到他，審問時說：「市場上大家都在，你怎麼還敢搶別人的金子？」齊人回答說：「我搶的時候並沒有看到人，眼裡只有黃金。」旨在諷刺利令智昏、被慾望迷惑而失去理性的人。強調利慾薰心時確實會「有失明智」，而「忽略近處的危機」，但與「防備遠處的禍害」無關，與題幹要求不符。出自《列子·說符》。

2. 答案：(B)。

本文先以一組「彊令為之」的句式，說明施政若用強硬手段，無法成就大事。再以蚊蟲、動物為例，說明若以「去之之道」治理百姓，倒行逆施，只會驅趕更多百姓，無法得到民心，「罰雖重，刑雖嚴，何益」，強調以嚴刑重罰威逼，只會悖離民心，故答案為 (B)。

3. 答案：(A)。

本文先以「惟是道理自有厚薄」總括，再以「身是一體」，卻用「手足」去保護「頭目」，並非重「頭目」而輕「手足」為例，說明「道理合如此」，本來就會輕重厚薄之別。再以草木與禽獸、人與禽獸、至親與路人三組關係，說明若能兩全，天地萬物都是平等的，但若不能兩全，「寧救至親，不救路人」，雖然不捨路人，卻也是「道理合該如此」。可知本段文字主要說明做不到愛無差等、一視同仁是自然而合理的。

(A) 說明親疏、尊卑，對待方式各有差異，與本文意旨最接近。出自《墨子·非儒》。

(B) 強調人君應清淨無為，並泛愛眾人。出自《說苑·君道》。

(C) 說明待人接物、修身養性的具體做法。出自《論語·學而》。

(D) 強調國君施政要公平。出自《潛夫論·救邊》。

4. 答案：(A)。

文中的主人由用銀杯和瓦碗裝同樣的酒給僕人喝，以「杯有精粗，酒無分別」告誡僕人內在比外表更重要，勿嫌妻陋。

(A) 原句出自杜荀鶴〈春宮怨〉：「承恩不在貌，教妾若為容」，意指蒙恩受寵，不是因為外貌美麗。與題文同樣認為外表不重要，為正確答案。

(B) 完整原句為「命裡有時終須有，命裡無時莫強求」，強調順其自然勿強求。

(C) 原句出自元稹〈離思〉詩五首之四：「曾經滄海難為水，除去巫山不是雲」，比喻見識廣博，經驗豐富，眼界開闊，對平常事物便覺得微渺不足為奇。

(D) 俗諺，說明不能拋棄共患難的妻子。

5. 答案：(B)。

由「告仲父」者三，可知齊桓公事事仰賴管仲。再由齊桓公回話中：「吾得仲父已難矣，得仲父之後，何為不易乎哉？」說明得到管仲是治國最難的部分，有了管仲，治國就簡單了，可逆推得知，畫線處應強調治國最困難也重要的是任用賢才，故答案為 (B)。

(A) 說明我不刻意作為，人民就會自然化育。強調無為而治。出自《老子》第五十七章。

(C) 說明國君以德治民，就像北極星居在自己應有的位置，眾星都會環繞在他身邊。出自《論語·為政》。

(D) 國君受人尊敬，臣民心服，頒布的法令才能確實施行；官吏清明，政事才會有一定的規矩；法度分明，人民才懼怕刑罰。出自《商君書·君臣》。

6. 答案：(D)。

本文以牧童指正杜處士的畫不符實際，說明各行各業的人都有其專長。(A)(B)(C) 敘述符合。

(D) 說明每個人都有優缺點，他人的優點值得自己學習，他人的缺點也能讓自己反省，與題目意涵相距最遠。

(二) 推究原因

範例 1—白話　（第103頁到第105頁）

1. 答案：(C)。

由湯普生醫生大罵的內容：「沒有依照科內規定，維護病人權益，未和主治醫師討論出最好的治療方法，也不尊重醫學倫理，因為病人在法律上屬於湯普生醫師」，可以推知，就醫學倫理來說，病人依法由主治湯普生醫師負責照護，這是「科內規定」，也是「病人權益」。故答案為 (C)。

(A) 由「當晚是我們的副主任湯普生醫師值班。由於總住院醫師認為這是很平常的外傷，而且他已處理得很好，因此決定讓湯普生醫師休息」可知，總住院醫師好意讓湯普生醫師休息而自

行處理，選項敘述相反。

(B) 由「經過詳細檢查，確認只有些皮肉裂傷」、「洗淨傷口加以縫合並住院觀察」、「這是很平常的外傷，而且他已處理得很好」以及「事實上病人狀況相當穩定」可知，總住院醫師把病人照顧得很好，選項敘述相反。

(D) 文中並未提及此事，可見湯普生醫師生氣與此無關。

2. 答案：(C)。

由「對於歷史書寫，越來越覺得恐懼」一句逆推：「內心自我提問的過程，一旦陷入之後，時間之旅便無窮無盡。」可知恐懼的是這種無窮無盡的內心提問過程，亦即前文所述種種。想像平息、熱情冷卻，都是為了藉由「歷史的想像」求得「假想中的一個事實」。然而作者卻又質疑：考據未必是事實、事實是人為的解釋、歷史想像的事實恐怕只是想像的延伸……，可知，作者的恐懼來自於對「事實」的解釋無窮無盡，正答為 (C)。

(A) 並未擔心史料龐雜讀不完。

(B) 由首句可知，想像本就是血脈賁張的，與恐懼的原因無關。

(D) 熱情冷卻是為了求得所謂「事實」。

3. 答案：(D)(E)。

由「導演魏德聖很贊同且體恤鄉下小民那些充滿漏洞、微有破碎的生活調調」，又說「若有一件創作，可以帶著大家去犯一些不傷大雅的小錯，那麼這創作的欣賞者或參與者必定很踴躍，並且參加之後猶很感激」，可知電影引起觀眾共鳴的原因，正是用這些現實中常見的「生活小節」，將觀眾帶入電影之中，感覺自己那些「不傷大雅的小錯」都被包容、諒解，而對影中人隨性生活的憧憬，也在觀影過程中暫時得到滿足。故 (D)(E) 為正確答案。

(A) 導演對鄉下小民偶有小錯、微有破碎的生活小節充滿包容與理解，並不認為他們「遭受不平等待遇」，更沒有任何揭露的意圖。

(B) 是電影劇情呈現「充滿漏洞」、「犯小

錯」的生活小節，並非演員的表演充滿漏洞或犯錯。再由「妙手偶得這樣的情節」可知演員們應是以自然不做作的方式來演出，並未刻意製造笑料。

(C) 引發共鳴的原因在於這些片段呈現了「充滿漏洞、微有破碎的生活調調」，讓觀眾容易感同身受，並非因為破碎不連貫的劇情串接。且本文並未提及這樣的劇情讓觀眾覺得新奇有趣。

☆ 4-5：本文結合〈嫦娥奔月〉與〈后羿射日〉的故事，透過后羿和嫦娥的家常閒話，呈現傳說英雄回歸平淡後的生活：每日為飯食奔波，情愛變成碎念、不滿。現實如此殘酷，曾經的英雄只感到無止境的困頓與苦惱。

4. 答案：(B)。

由最後的對話：「今天的運氣仍舊不見佳，還是只有烏鴉……」接著嫦娥埋怨「一年到頭只吃烏鴉肉的炸醬麵……」，可知兩人的衝突點在於「后羿狩獵的結果與嫦娥期望不符」，答案為 (B)。

(A) 由文中敘述可推知后羿狩獵是為了供給家庭用度，並非不務正業、只知狩獵遊樂、不照顧嫦娥。

(C) 由文中敘述可推知嫦娥習慣「僕傭簇擁」的生活，並非「不想再過僕傭簇擁的生活」，她嫌棄的是后羿未能給她更好的物質享受。

(D) 后羿不能滿足嫦娥的物質需求，故她「似理不理地向他看了一眼，沒有答應」，但也未將后羿當成僕傭使喚。

5. 答案：(A)。

(A) 嫦娥「風似地往外走」，是聽見后羿說「還是只有烏鴉……」，「將柳眉一揚」之後的動作，所以她是在生氣，氣到不想再看到后羿的臉，才很快地往外走。

(B) 「在垃圾堆邊」下馬，可見生活環境不佳，「懶懶地」可見收穫不豐，自知難以對嫦娥交代，二者都表現了后羿的困頓。

(C) 「豹皮」本是英勇的象徵，「舊」、「脫

毛」指榮光不再。由故事情節可知，后羿如今打獵不是為了征服，是為了供給家庭用度，因此「被生活消磨」說法合理。

(D)「彷彿」覺得她們都在苦笑，可知她們可能並未真的苦笑，而是后羿個人感受的投射。

☆6-7：作者從學生的問卷中發現他們最喜歡契訶夫的作品「Misery」，覺得頗感欣慰。因為這故事雖然簡單，敘述也不花俏，卻表達了作者對世人苦痛的觀察與悲憫。

6. 答案：(B)。

(A) 故事中出現的人物有老頭、客人，由「客人們就產生了六、七種不同的反應」可知至少有六、七個客人，已超過五個。

(B) 車夫「在大雪紛飛的冬夜到戲院門口載客」，又「在大雪中送完了客人，最後回到他簡陋的屋子」，所以雖然客人的反應多樣，但其實只是一晚的遭遇。選項敘述正確。

(C) 文章由前往戲院載客，寫到最後送完客人、回到馬廄，應為順敘手法，而非倒敘。

(D) 由車夫「牽著馬入馬廄時」說「只有你聽到我的話之後，還有一點同情的樣子」可知，車夫這些話的傾訴對象是馬，並不是紛飛的大雪。

7. 答案：(B)。

作者以「契訶夫用他悲憫的眼睛，來看別人對他人悲傷的反應」總結故事。因此她感到欣慰，也是樂見學生懂得悲憫情懷，故答案為 (B)。

(A) 車夫雖為生活奔波勞苦，可能屬於社會底層，日子也不好過，但本文主要描述他「失去獨生子」這一重大打擊的反應，因此學生應是透過本篇小說，體會作者「感受他人痛苦」的同理心，不是審視社會底層的貧窮。

(C) 本篇小說並非強調人與動物之間的情誼，而是藉由車夫與馬的對話凸顯人性：人類自詡為萬物之靈，但其實所

謂的「同情」，常常只是表面的禮貌或姿態而已，並非真心。

(D) 作者的問卷只是問「最喜歡的詩文」，學生也只是投票給這則故事，並沒有分析這篇小說。

範例 2—文言 （第106頁到第107頁）

☆1-2：本文藉種植菊花的經驗表達感悟。人皆知菊為良藥、佳蔬，但是種在前庭牆下，卻被任意踐踏、不加珍惜。作者由此體會，君子應「慎擇所處」，擇良木而棲，才會被視為人才而珍視、對待。

1. 答案：(C)。

本文提到春陵向來不種菊花，偶然有從遠地移植，「及再來也，菊已無矣」，令作者「嗟嘆久之」。再由後文有「忍踐踐至盡，不愛惜乎！」可推知菊花應是被來來往往的人群踩踏蹂躪，因而凋枯萎謝，答案為 (C)。

(A) 由「在藥品是良藥，為蔬菜是佳蔬」可知，菊花也是良藥、佳蔬，不會因此遭眾人鄙薄厭棄。

(B)「縱須地趨走，猶宜徙植修養」意謂：就算種在這個人來人往的地方不大合適，也可以把它移植到其他地方，可見菊花不會因移植而水土不服，致枯萎凋零。

(D) 菊花「芳華可賞」，並非樸素之貌，亦非不受人喜愛而遭棄養。

2. 答案：(A)。

(A) 作者感嘆菊花遭人「踐踐至盡」後，又說「賢士君子自植其身，不可不慎擇所處。一旦遭人不愛重如此菊也，悲傷奈何！」，即以菊聯想士人宜審慎擇處，否則也會遭人輕賤。選項敘述最接近，為正確答案。

(B) 本文並未強調「逆境」的價值。

(C) 菊花有多重價值，只因未慎擇所處，便遭到踐踏。

(D)「慎擇所處」一詞，廣義而言，也包含慎擇來往交遊的朋友，但本文並未提及「正直交」之益或「酒肉友」之害。「使有酒徒，菊為助興之物」是指對

「酒徒」而言，菊是助興之物，他們不會厭棄甚至踩踏菊花，與「酒肉友」無關。

☆ 3-4：本文記述子思與老萊子討論如何事奉國君、施行正道的一段對話。老萊子認為子思個性剛強，又不能為君王犧牲，並非為臣之道。再以舌與齒為例，說明柔順處事，才能長保平安。子思則認為自己做不到委屈順從，無法事君。

3. 答案：(C)。
   (A) 依老萊子之見，「事君」應要能夠「為舌」，處事圓融、身段柔軟，且要能為國君犧牲，而子思的做法則是「順吾性情」、「無死亡焉」。但子思的性情剛強，處事不夠柔順，「順其性情」則不能事君。因此，「不能順己性情」為不能事君的原因之一。
   (B)(D) 子思以「無死亡焉」表明自己無法為國君犧牲，又由「道不行，言不聽，則亦不能事君，所謂無死亡也」可知，他認為若正道無法施行、國君不聽從建言，「難以道聽言行」，那麼他也不願愚忠枉死，因此無法事君。
   (C)「為民喉舌」比喻代替人民說話，表達意見。但文中老萊子所言「舌柔順」、子思曰「吾不能為舌」，皆指柔順處事，並非為民喉舌之意。

4. 答案：(B)。
   (A) 強調為君要有禮，為臣要盡忠。出自《論語・八佾》。
   (B) 由「子不見夫齒乎？雖堅剛，卒盡相摩；舌柔順，終以不弊」可知老萊子認為柔順處事，方可長保平安，亦即「柔弱者生之徒」。出自《老子》七十六章。
   (C) 名實相符，事情才可辦成，強調「正名」的重要性。出自《論語・子路》。
   (D) 強調堅守仁義不濫殺。出自《孟子・公孫丑上》。

☆ 5-6：越軍攻到齊國邊境，齊大夫雍門子狄準備為國殉死。齊王不明白原因，雍門子狄以過去曾有車右武士因左邊車軸發出聲音，驚擾了齊王，因而請求一死的事

相比，說明眼下無法阻止越軍進逼，對國君造成的驚嚇更大，便拔劍自刎而死。越人聽聞此事，認為齊國有如此忠臣，越國未必有勝算，於是就退兵了。

5. 答案：(B)。
   (A) 齊王認為戰爭還沒開打，未知勝負如何，不應就此殉死，並非責難雍門子狄臨陣脫逃，不盡人臣之責。
   (B) 雍門子狄認為昔日因左車軸發出的聲音驚嚇了齊王，車右武士便自殺；如今越軍入侵，對齊王的驚嚇更大，他的罪也更重。故雍門子狄認為，只要讓國君陷於危殆的狀態，就是臣子之過。選項敘述正確。
   (C) 雍門子狄因自認有罪而自刎，並非因遭到齊王誤解而以此明志。
   (D) 齊王認為車子沒造好是「工師之罪」，但車右表示，他並未看見工匠製造的過程，只知當下已驚擾國君，故而自刎。並非因督導工匠不力而自責自刎。

6. 答案：(C)。
   (A) 文中並未提到齊國兵車的情狀，越軍並非因此而退兵。
   (B) 車右自刎為過去之事，與當下越國攻齊無關。且車右自刎是自責讓國君受到驚嚇，並非要以死諫的方式勸告齊王戒備越軍。
   (C) 由「齊王有臣鈞如雍門子狄，擬使越社稷不血食」可知，越國人認為如果每個人都像雍門子狄那麼重義勇敢，繼續進攻可能會失敗，故而退兵。選項敘述正確。
   (D) 越人確實「敬佩雍門子狄敢為死士」，但他們退兵的原因並非害怕雍門子狄「不惜犧牲的氣勢」，而是畏懼他自刎造成的後續效應：若齊國上下因此死激發志氣，人人能為國君而死，越國必將大敗。

(三) 推測觀點（第109頁到第111頁）

1. 答案：(D)
   本段文字先說明文學創作要能觸及「前人所未道」處，並以「適當的語言與之配合

表出」，才有成為文學批評對象的價值。因此，「語言」雖只是文學創作的表層，但沒有了語言，文學批評的對象也不存在。由此可知，文學批評的對象離不開語言，答案為 (D)。

(A) 本文確提及文學創作要創新，但更強調要以適當的語言表達出這樣的創新，並非致力於語言的創新。

(B) 文學創作重在「想像與感情」能觸到「前人所未道」之處，而「語言」則要能將這樣的意匠經營表達出來。且由「語言雖為文學批評對象之表層的客觀的事實」可知，語言再美，也只是「表層」、「客觀」的事實。

(C) 文中討論的「語言」，是「文學創作者的語言」，並非「文學批評者」使用的語言，故批評語言「應力求客觀」與本文無關。

2. 答案：(A)(B)(D)。

依題幹所述，紫衣侯只能記劍法，但師兄卻能「在記住後又全都忘記」，因而「悟了劍意」，從此「劍法不拘囿於一定之形式」，方得「劍法之靈魂」。全文討論「內在」和「表象」或「精神」與「形式」的關係，強調著重內在精神、不拘外在形式。

(A)「言」是用來表達「意」的工具，「得意而忘言」意謂不拘泥於字句言辭，既得其「意」，則忘其「言」，也就是掌握了精神便可忽略形式。

(B)「大音希聲」指最大、最美的聲音是幾乎聽不見的無聲之音；「大象希形」指最大、最美的形象是縹緲無形的樣子；「道隱無名」則指真理、大道隱微不可見，不能描述、無法言說。「聲」、「形」都是表象，而「希聲」、「無形」、「無名」則都指表象無法描述、難以言說的狀態，亦即內在精神重於外在表象之意。

(C) 能夠承擔並處理國家最汙穢的事，才有資格當社稷的主人；能夠協調斡旋國家最不祥和的事，才能成為天下的王。全句強調君王的承擔，與精神、形象的問題無關。

(D)「為道日損」指追求真理應當消除執著，以達到「無為而無不為」的境界，也就是看起來沒有施力，事情卻順利推動。此即紫衣侯師兄的境界：只要掌握了精神，無論怎樣的形式、甚至有沒有形式都不再重要。

(E) 魚兒離開了水，為了苟延殘喘才「相呴以濕，相濡以沫」。若彼此不相識，遨遊於江湖，還更自由自在呢。這是對於人與人之間相遇、相助的達觀看法，與精神、形象的問題無關。

☆ 3-5：本文是一篇關於科學與人文的辯證。第一段以拉瓦謝為例，說明「科學工作者」態度客觀而疏離，重視「人」與「物」的關係。第二段舉《紅樓夢》為例，強調人文學研究常將「創造者」（作家）置於「創造物」（作品）之上，重視「人」與「人」的關係。

3. 答案：(C)

(A) 第一段開頭即言科學工作者和前輩大師關係疏離，接著說明科學講究「客觀的方法」、「不應有感情色彩」，再以拉瓦謝為例，說明科學工作者重視研究成果，對前輩生平毫無興趣，最後更推論出「化學系學生和拉瓦謝」的關係是「他跟氧氣」、「人」與「物」的關係。因此所謂的「疏離」，是指科學工作者關注屬於「物」的研究本身，缺乏人與人的連結，並非強調一般人不易理解科學知識。選項說明不適當。

(B) 意謂科學工作者應重視的是研究本身，若關注前輩的生平經歷，非但違背科學家講究客觀方法、不應有感情色彩的研究態度，對研究成果也沒有幫助。故「強調科學人才的培育應重視基礎研究」的說明不適當。

(C) 由文中提及「對於拉瓦謝，我們只要知道他以硃砂做實驗」，將之加熱而獲得氧氣的研究成果與洞見，「拉瓦謝是何方人士」，他生平經歷種種「都跟氧氣無關」可知，拉瓦謝（科學家）

的貢獻常取代了我們對他的認識。選項說明最適當。

(D) 本文提及「不少人在讀過《紅樓夢》後，因深受感動而想去了解『是什麼樣一個人，在什麼樣的情況下，竟然能創造出這樣的不朽傑作？』」，說明因深受作品感動，好奇作者如何能創作出這樣的作品，才會轉而研究「這個人」，強調文學研究與科學研究不同，並不排斥主觀、帶有私人感情的研究態度，同時認為對「創造者」的理解有助於對「創造物」的研究。但並未強調應將研究核心由作品轉為作家。選項說明不適當。

4. **答案：(D)**

(A) 依據第一段敘述，科學工作者與前輩大師保持「疏離」的關係，關注前輩大師的研究成果與洞見。依據第二段，文學藝術工作者除了關注前輩大師的著作，也重視生平經歷對著作的影響。綜合來看，二者皆敬重前輩大師，差別在於前者對前輩與前輩的作品同樣敬重，而後者的敬重僅止於大師的研究成果。選項敘述與本文觀點不符。

(B) 依據本文，文學藝術工作者自然不會追求以「物」取代「人」，後半敘述與本文觀點相符。但由「『人』與『人』的關係在不知不覺間被『人』與『物』的關係所取代」可知，在科學領域裡從「人」與「人」變成「人」與「物」的關係是「不知不覺」的結果，並非刻意追求，前半敘述與本文觀點不符。

(C) 依據本文，「創造物」指的是文學藝術作品，並非科學工作者的研究對象。而「考證」是指文學藝術工作者對作者生平及家族所從事的研究。因此，文學藝術工作者才會注重「創造物」的客觀考證。選項敘述與本文觀點相反。

(D) 第二段提及文學藝術工作者讀過《紅樓夢》（「創造物」）之後，因好奇想探研曹雪芹「這個人」（「創作者」）如何創造出不朽傑作，可見他們留意

「創造者」的創作心靈活動。而第一段說到對前輩大師生平的關注「不僅無補於科學」，而且「搞錯了方向」，可知科學工作者通常不會留意前輩大師的心靈活動。選項敘述與本文觀點完全相同。

5. **答案：(B)**

由本文末段可知，雖然他也屬於「科學工作者」，卻也想關注前輩大師的生平經歷、心靈活動。據此推論，他感興趣的部分應是：乙、瓦特是蘇格蘭造船工人之子；丙、瓦特在格拉斯哥大學開的小修理店；戊、瓦特與英格蘭製造商博爾頓長期合作；己、瓦特如何阻止他人獲得專利。至於甲、丁為一般科學工作者在意的研究成果。故答案為 (B)。

☆ 6-7：本文分析東西方「悲劇」的不同本質。西方對「悲劇」的定義大多來自人的局限性，儘管西方的悲劇英雄總有從無知走向恍然大悟的過程，但在必然性的驅使下，最後仍會無可奈何地走向毀滅。而中國的悲劇英雄在注定不幸的結局到來之前，早知道一切都無可避免，但他們仍會克服絕望的情緒，「知其不可而為之」。

6. **答案：(D)。**

(A) 由「最終發現自己只不過是受更大的意志所支配的對象，但在必然性的驅使之下，仍無可奈何地走向毀滅」來看，「無可奈何地走向」一語透露出他們順應這樣的結局，並無「堅持抗爭不懈」的心態。

(B) 從「中國傳統中非道德的必然性，……是一種非人格的力量，人們稱之為『命』」可知選項前句敘述正確，但再由「相對於西方悲劇的必然性來說，最引人注目的對比，是這種必然性完全能夠為人所理解」可知，後句「人們無從窺知」的敘述有誤。中國傳統中的「命」，確實具有非人格的神祕性，但人們能夠理解，並非不可窺知，而且「每當不可避免的事情快要發生時」，「命」往往會通過許多徵兆顯

示它的存在。

(C) 中國悲劇英雄往往「知其不可而為之」，並未習於順命而遠遁。而且作者認為這是一種「令人崇敬地克服絕望情緒」的行為。

(D) 西方的悲劇英雄「在必然性的驅使下，仍無可奈何地走向毀滅」；中國的悲劇英雄則「常在既定的不幸結局來臨前，早就認識到這種結局是不可避免的」。因此，無論西方或中國，都無法與悲劇的必然性、不幸的結局抗爭，亦即都具有無法超越必然性的思維。

7. 答案：(A)。

依據本文，「與悲劇英雄對應的人物」常在「既定的不幸結局」來臨前就認知到結局不可避免，但他們仍會在「註定要遭受不幸」的情況下「知其不可而為之」。

(A) 文天祥被俘時，已知南宋大勢已去，他充分理解即將到來的既定結局，一心求死，只願盡忠於南宋。符合題目要求。「鼎鑊甘如飴，求之不可得」出自文天祥〈正氣歌〉。

(B) 李後主遭受亡國之痛，被俘至汴京，日夕以淚洗面，隱忍苟活，並沒有悲劇英雄的力量。「故國夢重歸，覺來雙淚垂」出自李煜〈子夜歌〉。

(C) 賈誼在漢文帝時被貶為長沙王太傅，鬱鬱寡歡，後因輔佐的懷王墮馬而死，自傷為傅無狀而英年早逝，可說敗給了個性也輸給了命運，並無悲劇英雄的力量。「三年謫宦此棲遲，萬古惟留楚客悲」出自劉長卿〈長沙過賈誼宅〉。

(D) 丘逢甲在滿清簽定馬關條約、確定割臺之後，與唐景崧等人倡立臺灣民主國，統領義勇軍，卻在日軍登臺後，因寡不敵眾而敗逃於廣東。「扁舟去作鴟夷子，回首河山意黯然」出自丘逢甲〈離臺詩〉。

(四) 推論文意（第113頁到第117頁）

1. 答案：(A)。

本文敘述龍的靈妙並非來自雲氣，然而若無雲氣，龍的神奇也無從施展。

(A)「既曰龍，雲從之矣」，龍為主，雲為憑依，可用以比喻君臣，選項敘述正確。

(B) 由「雲固弗靈於龍」一語，意謂雲的靈動性本來就比不上龍；再由「雲，龍之所能使為靈也」可知，雲是由於龍的翻騰才能變化靈怪。

(C) 由「雲，龍之所能使為靈也」、「龍弗得雲，無以神其靈矣」、「失其所憑依，信不可歟」等語可知，龍為主、雲為輔，二者主輔相依的關係明確。

(D) 由「龍噓氣成雲」、「其所憑依，乃其所自為也」可知，龍自為主宰，雲為輔弼，不須靠雲才能靈變莫測。

2. 答案：(A)(B)(C)(E)。

(A) 第一章「建安風骨」介紹東漢末的詩歌創作；第二章介紹兩晉；第三章介紹東晉「陶淵明」；第四章介紹南朝宋「謝靈運」；第五章介紹南朝「齊梁」、第六章南朝梁之「庾信」，第七章才另論南北朝的駢文與散文。故本書章節目次確實按朝代先後次序編排。

(B) 前六章論詩歌，第七章合論駢文及散文，可見是詳於詩歌而略於駢文、散文。

(C) 以「建安風骨」討論東漢末建安時期的詩歌創作，而此時重要的作家即為曹氏父子和建安七子。故本書在第一章便對曹氏父子的詩風有所著墨。

(D) 第三章「陶淵明別樹一幟的詩風」，是強調陶淵明的詩風自成一家，與當時詩風不同。既與當時詩風不同，就無所謂「對南朝詩壇的影響」。

(E) 由第六章的標題「庾信與南朝文風的北漸」可推知：北朝文學受南朝文風的影響，而庾信則是「文風北漸」的關鍵。

3. 答案：(A)(B)(E)。

(A)(B) 由「他不能忘記這一奏疏，其中有那麼多的事實無可迴避，可是就從來

沒有人敢在他面前那怕是提到其中的一丁點！」可推論出：除了海瑞，沒有其他大臣會指出海瑞所說的事實，故可知群臣進言，大多有所顧忌，只有海瑞敢言人所未言，卻直指事實。

(C) 皇帝將奏摺「一讀再讀」，是在宦官說明海瑞並不怕死之後；而其後又有「皇帝的情緒顯得很矛盾，他有時把海瑞比做古代的忠臣比干，有時又痛罵他為『那個痛罵我的畜物』」的敘述，故可推知此處「一讀再讀」並非純然出於憤恨，應是又愛又恨。

(D)「把海瑞比做忠臣比干」是心知海瑞忠心；「痛罵他為畜物」，是氣他直言指陳事實。皇帝的言行，是由於自己的內心矛盾，海瑞行事表現一致，並未反覆。

(E) 由宮女認為被責打出氣的牢騷可逆推皇帝對海瑞的心理：明知道海瑞指正無誤，不能罰他，且海瑞上奏前已視死如歸，殺他無用。況且，明知道海瑞忠心，但被指正又很失面子，因此又惱又羞。

4. 答案：(C)(D)(E)。

(A) 依據本文，朱買臣「衣故衣，懷其印綬，步歸郡邸」的時候，尚無人知道他已「拜為太守」，沒有必要「故示廉潔」。

(B) 由「初，買臣免，待詔，常從會稽守邸者寄居飯食」可知朱買臣原本常寄居飯食，會稽官吏可能因此而輕視他，並非因為忙於應酬而不加理會。再由後文「其故人素輕買臣者入內視之」也可推知，這些官吏確實是因為看不起他，才會「不視買臣」。

(C) 官吏聽聞朱買臣擔任太守的直覺反應是「大呼曰：『妄誕耳！』」，表示極度驚訝、不願意相信，可推知他們確實認為朱買臣沒有官拜太守的能耐。

(D)「坐中驚駭，白守丞，相推排陳列中庭拜謁。買臣徐出戶」描述朱買臣慢慢走，在眾人面前表現出太守的威儀。而綜合前述眾人先鄙視、後驚呼妄誕

的種種，可推知朱買臣因之前遭人看輕，刻意慢行，有心讓眾人延長拜謁及困窘的時間。

(E) 由「食且飽，少見其綬」可知，朱買臣在吃飽飯後才故意稍微露出印綬，引人來觀。既然本來就有意出示印綬，卻仍忍耐了一段時間，可知「少見其綬」的動作，是朱買臣思考後決定展示的最佳時機。而「守邸怪之，前引其綬，視其印，會稽太守章也」等反應，正是朱買臣「少見其綬」的預期效果。由此可推知，朱買臣非常在意他人觀感，內心極度希望這些鄙視他的人都知道他「已非昔日吳下阿蒙」。「吳下阿蒙」是三國時武將呂蒙的典故，指人學識淺陋。

☆ 5-6：《史記》發展出來的「紀傳體」，將敘事主體由「事件」轉向「人物」。司馬遷在不同的篇章中以不同人物的視角，建構出不同的歷史面向，將各種史事編織成情調各異、風格不同的篇章，也凸顯「人」在歷史裡的重要位置。

5. 答案：(D)

(A) 由「司馬遷《史記》所發展出來的『紀傳』體，不但奠定往後正史的寫作形式……」可知敘述正確。

(B) 由「個人，一個具有特殊個性完整人格的個人成為注視的焦點」可知敘述正確。

(C) 由「同一歷史事件，記述在不同篇章，由於傳述的是以不同的人物為主體，配合人物特別的生命情調，以及他們與歷史事件的關連，往往呈現不同的風味、不同的意義」可知敘述正確。

(D) 由「《史記》展現的不僅是繽紛多姿的人物性格之美，更是從悲壯到滑稽，由崇仰到諷刺各種類型的敘事筆調之美」可知，《史記》既有「繽紛多姿的人物性格之美」，更有「各種類型的敘事筆調之美」，二者兼具。選項敘述錯誤，為正解。

6. 答案：(C)

(A) 由「由於篇章、文章的觀念戰國末年已出現」，可推知司馬遷作〈項羽本紀〉時(西漢)，篇章、文章觀念已經產生，選項敘述錯誤。

(B) 由「同一歷史事件，記述在不同篇章」，可推知楚漢相爭一事不會只記錄在〈項羽本紀〉，選項敘述錯誤。

(C) 由「敘述重點由記錄對話、敘述情節的因果，轉移到捕捉一個個特殊人物的性格與命運」可推知，〈項羽本紀〉的敘述重點在於項羽的特殊性格與特殊命運，選項敘述正確。

(D) 由「敘述重點由記錄對話、敘述情節的因果，轉移到捕捉一個個特殊人物的性格與命運」可推知，《史記》亦有記錄對話、敘述情節的因果等內容，只是敘述重點轉移到人物。故〈項羽本紀〉並未缺少記錄對話、敘述情節的因果等內容，選項敘述錯誤。

☆ 7-9：本文描述瓷器的發展：漢代主要作為陪葬銅器的替代品，釉色灰綠；魏晉以後始用來飲用茶湯，以越窯的翠綠為上。宋代是瓷的第一個高峰，講究人茶相應、道器合一，以素玄為美。明代以後發展功夫茶，改以小壺小杯為主，瓷器的形制也隨之改變。明初仍以素白為美，甜白瓷為代表，也開始燒製青花大器，是瓷的第二高峰。

7. 答案：(C)。

(A) 由「彼時銅器昂貴，因此燒出類似銅器的東西作為陪葬的明器」可知，漢代因銅器昂貴，才發展出以燒製的瓷器取代銅器，但是用來「作為陪葬的明器」，並非成為日常用品。選項敘述有誤。

(B) 由「漢代出現的原始瓷，以草木灰為釉水，燒出來灰灰綠綠，並不好看」可知，漢代釉水確實不佳，但已可燒製瓷器，只是顏色不好看。然而漢代瓷器的功能主要是用來取代昂貴的銅器作為陪葬，並非作為食器、茶具。選項敘述有誤。

(C) 由「魏晉茶道興起，杯盞以越窯為上」可知，魏晉以後瓷器已可燒製為茶具；又由「宋代以玄素為美，瓷器的靜定與素淨頗為相應」可知，宋代瓷茶具崇尚質樸淡雅，道器合一。選項敘述正確。

(D) 由「明初宮中還是以素白為美」、「其他素色瓷如祭紅、霽藍、豆青都燒得很好」可知，明代素色瓷質精，但並不稀有，選項敘述有誤。再由「明青花大器為多」可知，明代亦有青花瓷，通常燒製為「大器」(大盤、大瓶、大罐)，但是否流行由此無法判斷。又，「受中東影響，貿易瓷愈花愈好」，可確定青花瓷主要作為貿易外銷之用。

8. 答案：(D)。

由「茶盞惟宣窯壇盞為最，質厚白瑩，樣式古雅」可知描述對象為「茶盞」，且以白瑩為美。

(A) 漢代瓷色灰綠，也不會燒製為茶盞，故不符合。

(B) 由「魏晉茶道興起，杯盞以越窯為上，越窯是翠綠色，還帶點灰色調，要到南宋龍泉才燒出漂亮的綠色」可知，魏晉已將瓷器用作茶盞，但崇尚帶點灰色調的翠綠色，亦不符合。

(C) 由「宋代以玄素為美」可知，宋代強調茶盞素玄，符合題幹顏色要求；但由「明代以前，點茶是用茶碗將茶末泡為茶湯打出泡泡，過程繁瑣，……朱元璋改團茶、點茶為茶湯，改茶湯後，小壺小杯喝茶，這是功夫茶的起始，所以瓷器小杯變多了」，可知明代以前是「點茶」，必須攪打茶湯直到起泡，不可能推崇「小盞」，與題幹的形制不符。

(D) 由「明初宮中還是以素白為美，甜白瓷是此時的代表」，可知明代茶盞的審美趨勢，與題幹顏色一致。又由「欲試茶色貴白，豈容青花亂之」出現「青花」一詞，可知這段鑑賞文字最可能出現於既有白瓷又有青花瓷的明代。

9. 答案：(D)。

從「明代以前，點茶是用茶碗將茶末泡為茶湯打出泡泡，⋯⋯朱元璋改團茶、點茶為茶湯，改茶湯後，小壺小杯喝茶，⋯⋯所以瓷器小杯變多了」，可推知茶沖泡方式會影響杯盞瓷器的形制，甲的推論正確。文中提及宋代以玄素為美，又講究人茶相應、道器合一，可推知宋人、宋瓷皆以素玄為上，但茶湯顏色如何則未可知，乙的推論無法判斷。故正答為 (D)。

☆ 10-11：本文討論「謠言」的價值與傳播情形。首先說明謠言必須趁有利可圖時，儘快被使用，因為一旦被確認為「謊言」，便喪失功用。接著再說明推動謠言的力量來自接收者身上，而且接觸者越多，說服力就越強。人們甚至會在其中投進自己的想像和幻覺，隨著傳播者的人數越多，謠言也可能「滾雪球」般越來越豐富。

10. 答案：(C)。

(A) 由「謠言的可信度並非永遠不變，萬一某個謠言被公眾確認為『謊言』，它便會壽終正寢」、「謠言必須儘快使用，趁它尚有價值之際，從中獲取利益」，可推知謠言不是因為被人所憎而無法如黃金般保值，而是本來就有時效性。

(B) 由「萬一某個謠言被公眾確認為『謊言』，它便會壽終正寢」可知，一旦被證實為虛構，謠言就會終止。

(C) 文中提到當傳播者散播謠言時，「他的形象便如同一位掌握了珍貴知識的人，在謠言的接收者眼中，散發出美妙的光輝」可知傳播者未必心懷惡意，只是想要得到「美妙的光輝」。

(D) 人們是「投進自己的想像和幻覺」來豐富謠言，並非「透過謠言製造幻覺，藉以掩飾對真相的恐懼」。

11. 答案：(D)。

針對甲，本文提及「謠言的可信度並非永遠不變」、「推動謠言的力量還是在聽到謠言並且傳播謠言的人身上」，但並未提

到「傳播者的形象」，因此，無法判斷「傳播者的形象」與「謠言可信度」的是否相關。針對乙，由「謠言的說服力是隨著它接觸到的人越多而越加增強的」，可知敘述錯誤。故正確答案為 (D)。

(五) 推究用意（第118頁到第120頁）

☆ 1-2：陳高以車、弓為喻，強調只要本質好，聲名自然遠播，勉勵族弟陳祥應致力提升自己的實力，毋須以企求他人關注為努力目標。語譯：因此，車子堅固到足以承受重量，人們才願意用來裝運物品；弓的品質好到能夠射很遠，人們才願意拿來拉滿，射擊目標。如果你把車子製作得很堅固，弓造得很精良，不管到什麼地方都有人會來向你懇託。如果你不強化內在，反而汲汲營營地爭取他人關注自己，這不是我期盼你做的事。

1. 答案：(C)。

文中以「車、弓」例證勉勵族弟陳祥，論證邏輯是：車子本質堅固，人們才願意用來載物；弓的品質好，人們才願意用來射箭。以此期許陳祥：本身條件優秀，自然有人前來尋訪，不必自己外求，故答案為 (C)。(A)(B)(D) 由「不此之務，而急急焉以求人知為事，則非予之所望於汝也」，可推知本文以堅車、良工為例，主要是想藉此說服族弟不要汲汲於求為人知，並非自許為能工巧匠，亦非強調自身如同堅車、良弓，更不是勉勵族弟製作堅車、良弓。

2. 答案：(B)。

由「苟汝治車而堅矣，為弓而良矣，焉往而不為人所求」可知，只要車堅、弓良，人們自然會前來尋訪。而「不此之務，而急急焉以求人知為事，則非予之所望于汝」意謂：不強化自己的內在，只是努力追求為人所知的虛名，並非我所期望。可見陳高所要闡述的論點是：只要自我充實如車之堅、弓之良，不必求為人知，自然會得到賞識。意同於「君子病無能焉，不病人之不己知」（君子擔心的只是能力不足，而不會煩惱他人不懂得賞識自己。出

自《論語・衛靈公》），故答案為 (B)。

(A) 讀書人必須要有寬廣堅忍的心志胸懷，因為所肩負的責任很重，需要堅持的時間很長。出自《論語・泰伯》。勉勵士人要開闊心胸、意志堅強，才能任重而道遠，其中「任重道遠」與文本中的「車堅任重」涵義不同，故非正解。

(C) 從學習這件事來看，單純懂得知識的人，比不上對此充滿興趣的人；對此充滿興趣的人，比不上能鑽研其中而獲得快樂的人。出自《論語・雍也》。說明學習的不同層次與境界，與文本無關，故非正解。

(D) 君子跟其他人實在是沒什麼好爭的，如果一定要競爭的話，大概就是比賽射箭了吧。彼此作揖行禮後，才登台比射，射完之後，又作揖行禮才下堂一起飲酒慶祝。不在乎勝負的結果，而是享受比賽的過程，這才是真正的君子之爭。出自《論語・八佾》。說明君子與人競爭時展現的風度，重點在「君子之爭」而非「射箭」，故非正解。

☆ 3-4：本文可分為三個部分：第一部分談「湖山好處便為家」，興之所至，隨處可棲遲之樂。第二部分談古人詩詞中想像居屋為舟，以得心靈的自適。第三部分談自己也想造船，以稱「湖山好處便為家」之願，然而太小、太大均有煩惱，終究還是作罷。

3. 答案：(D)。

(A) 由「行腳僧煙簑雨笠，到處棲遲」之後，接「我常說他們的生活富有詩意」，可知此處應是描述行腳僧任性自在的生活態度，並非因失意飄泊而浪跡天涯。

(B) 此句引自程垓詞作，本非作者自道。「隨意索」意為隨便拿，整句表示詩、酒及書相伴在旁，自己可隨時隨興取用。

(C) 此句引自程垓詞作，程垓乃「以屋為

舟」，並非真正住在海上，不可能與漁歌唱和。且「唱和」指唱歌時，互相應和，由「獨醒」、「自歌」可知並無他人。

(D) 由前句為「開到太湖」，後接「周覽七十二峰之勝」，可知「擘破三萬六千頃青琉璃」意謂行船於澄碧的太湖之中，選項敘述正確。

4. 答案：(A)。

(A) 本文先提發現絕佳風景時想以之為家，後引述髯公詩「湖山好處便為家」，再接行腳僧到處為家富有詩意，說明嚮往以山水勝景為家，就算必須到處棲遲亦無妨，即為「表達依江山勝景而居的嚮往」。又引程垓《書舟詞》想像他所居的屋為舟，以遣煙波之興，本非真舟；作者於此再轉一層，說明自己若有錢造屋，更想用來造船，仍是為了稱「依江山勝景而居」之願。選項敘述正確。

(B) 行腳僧的「到處棲遲」方可表現「無處不可為家的豁達」，髯公詩、程垓詞皆無此意。

(C) 作者本想效法程垓詞中「滿船詩酒滿船書，隨意索」之樂，卻又意識到若真以屋為舟，恐怕「屋狹而不能滿室詩酒書」。故「屋狹」乃作者自行想像，且並未因此而有所「慨嘆」。

(D) 髯公詩、程垓詞皆無此意。

☆ 5-6：作者認為對日常語言進行省略、錯綜等改造，能使直線的詩境產生疊加、組合的審美效果。並舉杜甫的詩為例，說明這樣的改造可為讀者留下想像的空白，產生理解的歧義。作者強調雖為歧義，卻由於限制了視境範圍，不致產生太大誤解；即使誤解，也是一種詩歌追求的藝術效果。

5. 答案：(D)。

本文開頭即以「詩人正是意識到這點，因而對習慣的語言形式進行改造」點出主旨，並具體地以「省略」、「錯綜」的方式，說明改造的效果。其後再舉杜詩為例。可知引用杜詩即是為了強化論點，證明語言

形式的靈活運用，可將直線呈現的詩境，還原為平列雜陳的視覺印象，產生疊加的空間。

6. 答案：(B)。

(A) 以「省略」與「錯綜」改變語言形式不會造成「簡易直白」的文句，而是產生「詩境轉變為平行疊加」的效果。再由「疊加、組合的方式，全可憑讀者的審美經驗」可知，這種改造會因讀者的審美經驗而產生不同理解，但與感悟詩人的情懷無關。

(B) 本文先敘述語言形式的改變會產生不同的審美效果，再舉杜詩為例，說明詩境可因此「還原」為物象平列雜陳的視覺印象，並由此觸發不同的理解，為讀者留下想像的「空白」。故選項敘述正確。

(C) 由「縱然誤解，也是在那幅既定的視境中誤解」可知，並不會改變作品原有的視境，也不會因此開啟無窮的想像。

(D) 由「能在這個範圍中多出若干理解與體會，恰恰是詩歌所追求的藝術效果」可知，詩歌的省略與錯綜的藝術效果正是「歧義的蔓衍」，而非「限制蔓衍」、「掌握明確的意脈」。

(六) 鑑賞評析

範例 1 —現代文學 （第122頁到第123頁）

1. 答案：(A)(D)(E)。
本文透過七巧對新娘的譏嘲，呈現她看待媳婦的苛刻與對兒子的占有慾。

(A) 正常的狀態下，婆婆進入新房應該與眾人一樣好好端詳新娘，但七巧卻「只看了一看便出來」，加上與女兒長安對話的冷笑反應，顯示七巧對新娘不甚喜歡。

(B) 一旁太太以「嘴唇厚的人天性厚」在母女兩人譏諷新娘時，為新娘緩頰，替她說明這長相有其背後代表的優點，並非接續七巧的話對新娘落井下石。

(C) 七巧的「天性厚，並不是什麼好話」，是針對一旁太太「嘴唇厚的人天性厚」

的緩頰之詞，作出更尖刻的引申。旁人幫新娘說話，七巧自己才是一直譏諷新娘。

(D) 「像剃刀片」是對前句描述七巧嗓音的補充。由「扁扁的依舊四面刮得人疼痛」可知是描述七巧的嗓音扁利刺耳，而「剃刀片」鋒利削薄的形象，又可用以形容她的尖酸刻薄。

(E) 「火光的跳動」補充前句新娘因聽見七巧的刻薄話「臉與胸震了一震」的反應，可知表面上描繪燭火光影，實則暗指新娘因婆婆言語中的刀光劍影而心驚。

2. 答案：(B)(D)(E)。

(A) 由「芭芭拉來自印第安納的特雷霍特」可知，她並不是紐約人，所以不知道給小費門房才會幫忙招計程車。

(B) 由第二段描述可知，為了趕赴派對，芭芭拉研究地圖後，決定「做一件所有人警告她絕對不能做的事」。再由第三段的描述可知，所謂「不能做的事」，就是冒險穿過中央公園。選項敘述正確。

(C) 芭芭拉研究地圖，只是想找出最快能趕赴派對的行進路線，與能否掌控局勢無關。在進入中央公園之前，她只能由別人警告「絕對不能做」，意識到可能要冒險，並不確定會遇上什麼事，更無法得知能否掌控局勢。

(D) 「夜色」代表黑暗，「衝進夜色」表示芭芭拉進入黑暗之中，下句為「向死亡挑戰」，暗示她即將面對未知的險惡。選項敘述正確。

(E) 「一道閃電亮起」後接「幫派分子包圍了她」，可知「閃電」倏然而至即是用以暗示危險忽然降臨，因為幫派分子忽然包圍了她——一個「晚上穿越公園的笨蛋」。選項敘述正確。

☆ 3-4：本文題為〈撒馬拉之約〉，其約定是「和死神的約定」，亦即「死期」。故事分為前後兩部分，僕人看見死神對他打手勢，因此從巴格達逃往撒馬拉；而後

他的主人卻從死神那裡得到真正的訊息：僕人將死在撒馬拉。

3. 答案：(B)。

　(A)「禍福相倚」指禍與福常相因而至，往往福因禍生，而禍中藏福。故事中的僕人誤解了死神的手勢，但終究未能逃離死神，並非因禍得福。

　(B) 由僕人對死神手勢的誤解可知，他自以為逃離死神，實則走向了注定的命運，正是弄巧成拙。選項敘述正確。

　(C) 僕人描述死神「直盯著我，並且擺出一個威脅的手勢」，於是決定逃去撒馬拉，可見他認為只要逃離此地就能擺脫死神，也就是死神並未如影隨形。

　(D) 僕人想逃命，而主人也好心借馬讓他奔向撒馬拉，但主僕是否「和諧相處共度難關」與作者描述僕人誤解手勢的用意無關。

4. 答案：(C)。

　僕人因以為死神比的是「威脅的手勢」，而借馬逃命，並「以最快的速度縱馬奔馳而去」，驚慌失措的狀態最接近 (C)。「杯弓蛇影」：比喻為不存在的事情枉自驚惶。

　(A) 形容心意不定，不能自持。

　(B) 形容心神迷亂，不能自持。

　(D) 比喻所做之事或所說的話毫無根據，憑空揣測。或指事情毫無成果、徒勞無功。

☆ 5-6：本文節錄自《尤里西斯》的一小段落。內容描述主角「他」在想要關上門時發現沒有帶鑰匙的當下，回想鑰匙所在以及發生的事件。閱讀時要注意本文採用意識流動的敘述方式，且省去引述話語時的符號，因此很容易造成敘述時主詞的混淆。但只要把內心獨白區分出來，就能理解敘述主體與故事內容。

5. 答案：(C)。

　(A) 由「伸手到褲子後口袋裡拿大門鑰匙。咦，不在這」可知，「他」站在門前階梯，就已經發現身上沒帶鑰匙。

　(B) 由「在我脫下來的那件褲子裡。得去拿來。」可知，「他」十分肯定鑰匙在褲子口袋裡。

　(C)(D) 由「不好去打擾她。剛才她翻身的時候，睡得正香呢」、「他悄悄帶上大門」、「看起來是關緊了。反正到我回來前沒關係吧」等敘述可知，「他」因體貼「她」睡得正香、不想令「她」睡不安穩，決定只是把大門帶上關緊，不回房拿鑰匙，因此也沒有鎖門。

6. 答案：(C)

　(A) 以第三人稱「他」敘事時，是從作者的角度來進行故事；而用第一人稱「我」時，則是故事主角內心意識的獨白。

　(B)(D) 全文由兩個動作（門前摸褲袋、帶上大門），加上動作時的內心獨白構成。故獨白亦有兩處，呈現故事人物進行動作時腦中的思緒：一次回想鑰匙所在位置，一次在確定不鎖門之後。

　(C) 文中的兩次獨白都是主角「他」的想法，並無「作者」的想法。

範例 2 ─ 古典詩文 （第125頁到第126頁）

1. 答案：(A)(C)。

　(A) 若是句號，表示討論到此為止。乘大舟上海路，猶如在大魚的齒上航行，那就「不如」少經過了，表示即使有深利，也少碰為妙。「何如」解為「不如」。

　(B) 如果是問號，意指：既然航路危險，不如少經過？質疑為了利益要冒這麼大的凶險，是否有必要。並非「想知道如何減少凶險、追逐大利」。

　(C) 詩題為〈賈客〉，亦即「商人」，詩中卻只提「大舟」、「滄海」、「鯨鯢」，可知是以「舟行於海」比喻生意風險。

　(D) 開頭即說「大舟有深利」，所提的「利」都是「大利」，並未以「不貪小利」當作「獲取大利」的手段，而是強調即使要逐利，也不需要以身涉險。

　(E)「鯨鯢」在此處比喻凶險，並非指雄心壯志。「何如少經過」則指不要冒險，與「切莫因處境凶險便膽怯」的敘述

正好相反。

2. **答案：(A)(D)。**

上片先寫雲，再寫驟雨，接著寫放晴後的山光水色、酒旗招展，表達山村生活的愉悅之情。下片寫午後所見之景，有靜態的松、竹，動態的野鳥、白鷗，並想像白鷗欲下未下，不知是新來的，還是別有所圖？上下片皆藉景抒情，用字明白如話，風格恬淡清新。結尾問句詼諧，也流露出寂寞的況味。

語譯：烏雲籠罩群山，忽然下起一陣大雨，一會兒工夫又停了，天也晴了。遠方斜陽映照著樹林，不知如此美景要怎麼畫出來？店家門上掛著賣酒的青旗，推想山的那一頭應該還住著幾戶人家。我只要能在山光水色中，平靜地度過今年夏天，就很滿足了。午後酒醒之際，透過窗子看蒼松翠竹清高絕俗，姿態真是無限瀟灑。野鳥飛來飛去，就像往常一樣自由自在。感到比較奇怪的是，白鷗總是在天上偷偷看著地上的人，好像要飛下來又不想靠近我們。咱們過去訂的盟約都還在，難道你最近另有想法，要對我訴說？

(A) 上片藉山雲、驟雨、遠樹、斜陽、酒旗招展、山中人家等景致，描繪「只消山水光中，無事過這一夏」的愜意之情；下片藉窗外松竹的靜景、天上野鳥白鷗的動態，表現悠閒的心境，並帶出結尾與鷗訴說的寂寞況味。選項敘述適當。

(B) 由「驟雨一霎兒價」具體描繪了夏日的陣雨，其後的「遠樹斜陽」、酒旗招展、山中人家皆雨後景致，前半敘述適當。但詞中並無作者淋雨 (即「沐雨」) 的描寫，亦無「洗淨哀愁」的意味，後半敘述不適當。

(C) 「野鳥飛來」是動態，但白鷗「覷著人欲下未下」亦為動態，「藉由野鳥動態反襯白鷗靜態」的解讀不適當。

(D) 詞中「一霎兒價」、「怎生」、「只消」、「這一夏」、「又是一般」、「卻怪」等詞，皆明白如話，不假雕飾。結尾將鷗鳥的樣態想像成欲下未下、若即

若離，引用《列子》典故 (海邊之人本可與鷗鳥同遊，因生機心欲捉捕，鷗鳥從此便舞而不下)，開玩笑說自己不會背棄盟約 (意謂不會捉牠)，為什麼牠要害怕呢？還是最近有話要說？可說是「清新幽默」。選項敘述適當。

(E) 上片寫夏日驟雨，下片寫午後之景，確以「午醉醒來」為過渡，前半敘述適當。「青旗賣酒」為作者所見之景，並非自己身為賣酒者；而由「午醉醒時，松窗竹戶」可知，作者應有固定住處，並未浪跡江湖。後半敘述不適當。故非正解。

☆ 3-4：上片描述詞人感悲秋寒露之苦，意識到一年又將到盡頭。下片追憶當年意氣風發，如今卻落得浪跡天涯。全篇敘寫遊宦羈旅、悲秋懷人的落寞情懷。語譯：煙霧籠罩樹林，斜陽落入遠山，黃昏的鐘鼓聲斷斷續續地傳來。燭光映照著窗戶，蟋蟀鳴聲像是催人夜織，好像都一起感受著清秋風露的淒苦。無法入眠的思婦們，在風聲、蟲聲中送來一陣陣揮杵搗衣之聲。這些聲音驚動了漂泊天涯的倦客，我才發現又到了歲暮時節。

想當年，曾以酒狂而自負，以為司春之神東君替我的前途灑下一片明媚的春光。想不到仕途坎坷，屈居下僚，終年被驅來遣去，有時奔波於北路，有時乘船離開南浦。滿腔幽思也無人可以傾訴，好在明月還知道舊時遊冶的去處，就請明月陪著化為雲彩的她來我的夢裡，再送她回去吧。

3. **答案：(B)。**

(A) 由「天涯倦宦，駸駸歲華行暮」可知，通篇旨在傳達遊宦羈旅、悲秋懷人的落寞情懷，並非孤老無依、大限將至的悲涼。

(B) 「山沉遠照，邐迤黃昏鐘鼓」、「蛩催機杼，共苦清秋風露」以景寫情，加上「不眠思婦」的「幾聲砧杵」，驚動「天涯倦宦」的描述，可知上片寫清冷秋夜裡，羈旅獨居的沉悶心情。

(C) 下片並未提及妻子兒女，而是以「當年自負」的得意對照如今「流浪征驂」的坎坷悲苦。

(D)「蛩聲、鐘鼓聲、砧杵聲」都由外而內觸動了客居遊子的悲傷，並未寄寓對家事、國事、天下事的關懷。

4. 答案：(D)。

(A) 由「橫林」、「遠照」可知是遠眺之景。

(B)「機杼」是古代女人操持的用具，而本詞發言的視角為男性，因此「共苦」、「齊應和」可視為遊子與思婦共感淒寒之苦。

(C)「酒狂自負，謂東君，以春相付」意謂當年意氣風發，春風滿面，自認為前途一片光明，沒想到如今卻是「流浪征驂北道，客檣南浦」，仕途坎坷，南北漂泊，對比出失落之感。

(D) 此詞描寫悲秋懷人的落寞，「明月」用以串連今昔，並無象徵國君之意。「幽恨」可能包含懷才不遇之恨，「無人晤語」指獨自羈旅在外，無人可訴，間接表達了懷才不遇的感傷。

☆ 5-6：本文題為〈饞戒〉，談貪慾導致滅亡而追悔莫及的情況。首段先敘三則類似的故事：虎攫羊而被鄉人所斃；蝎虎為食燕雛而被雞食；蟻喎蚯蚓而與之并為鴨所食。第二段得出結論：希望人們不要只看到眼前的「利」與「得」，而忘了身後的危險。

5. 答案：(D)。

(A)「三戒」應指「性饞」之虎、蝎虎、蟻，羊不在其中。

(B) 由「羊負痛墮地死，虎隨之」可知，羊並沒有被虎吃掉，是墮地而死。

(C) 由「蝎虎不能動，雞食之」可知，蝎虎落地之後無法動彈，最後被雞吃掉。

(D) 由「蟻群喎之，蚓負痛，宛轉泥沙中，卒莫能制蚓；鴨出欄，并食之」可知，螞蟻想吃掉蚯蚓，但沒能吃到，最後卻和蚯蚓一起被鴨子吃掉了。

6. 答案：(B)。

(A) 本文分兩段：第一段敘事，第二段說

理。藉所敘之故事闡明寓意，具體生動。選項敘述正確。

(B) 敘事部分由「吾官鎮遠，嘗睹於物，得三戒焉」開頭，先總結，再分述三個故事。說理部分是先分論，回顧三種動物之死，再總說作結。選項敘述相反。

(C)「饞」是這三種動物涉險的關鍵，可說貫穿全文；而「戒」，則是由後果引發的省思，可與「饞」相呼應。選項敘述正確。

(D) 文中的動物都只想到吃，沒想到潛藏的危險，更沒想到最後連性命都賠上，因此人們應該以之為戒。作者最後以「利者，害之所伏也；得者，喪之所倚也」作結，可知本文旨在警惕人們不要只顧眼前的利與得，忽略潛藏的危險。

範例 3 ─ 比較 （第127頁到第129頁）

1. 答案：(A)。

(A) 甲詩「不自哀」的原因在下一句「尚思為國戍輪臺」，意指還想著要報效國家，戍守邊疆，符合「老驥伏櫪」之意：好馬雖然老了，伏在馬槽邊，仍想奔跑千里的路程，比喻年紀雖老而仍懷雄心壯志。乙詩「自笑」乃設想別人可能會笑他「滅胡心尚在」，但他不怕被笑，可見豪情未減。選項敘述正確。

(B) 甲詩的「風吹雨」暗寓國家處境，而「臥聽風吹雨」，表示雖然閒居，仍時時關心國事，且後接「鐵馬冰河入夢來」，更顯示心懸國事，並未置身事外。乙詩「忘身」強調為盡忠國家而不顧自己生命。

(C) 甲詩「尚思」表達仍願效力疆場，敘述正確。而乙詩「驚非」則是「照水」之後，驚覺自己已然老邁，並非表達遇見昔日戰友的哀嘆。「曩歲人」指昔日年輕的自己，並非昔日戰友。

(D) 甲詩「風吹雨」可暗示國家風雨飄搖，選項敘述正確。乙詩「燕去燕來」下

對「花開花落」，可知乃敘寫時光流逝，年復一年，並無暗喻國運否極泰來之意。

2. 答案：(A)(B)(C)(D)。

(A)(B) 由甲詩「呼兒拂几霜刃揮，紅肌花落白雪霏」、乙詩「無聲細下飛碎雪，有骨已剁觜春蔥」可知，二者皆述及鮮魚料理過程，且呈現刀工的俐落細膩。其中「白雪」、「非碎雪」都是描寫魚肉被料理後的樣子，且都運用「雪」的視覺意象，凸顯魚肉的纖細瑩白。

(C)「雙鰓呀呷」、「鰭鬣張」描述魚的各部位還在張闔的動態，「蹳刺銀盤欲飛去」描述發出聲響，在銀盤上跳動的樣子。皆呈現活魚的生鮮。

(D)「當嚴冬」、「河凍未漁不易得」、「鑿冰」都形容漁獲不易，強調主人的誠意與用心。

(E) 由「蹳刺銀盤欲飛去」可知，「欲飛去」的主詞是魚，用來形容魚的掙扎情狀。「有骨已剁」強調廚師刀法細膩，已將魚骨盡除。選項解說不正確。

3. 答案：(A)(C)(D)。

(A) 由南海到北海，表示鵷鶵飛行的距離相當遙遠；然而途中牠卻堅持只棲息於梧桐、食練實、飲醴泉。故南海、北海、梧桐、練實、醴泉等意象，確可用以襯寫鵷鶵的襟懷和堅持。

(B) 乙文的梟是因為叫聲難聽被厭惡排斥，才打算另覓棲所，並非「曲高和寡，不被濁世所容」。

(C) 甲文以「非梧桐不止，非練實不食，非醴泉不飲」等行為表現鵷鶵的堅持，又以「仰而視之曰：『嚇！』」的描述生動地表達鴟梟怕鵷鶵搶走腐鼠的心理。乙文則以梟與鳩的對話內容表達各自對「東徙」一事的看法。選項敘述正確。

(D) 甲文描述鴟梟怕鵷鶵搶食，乙文則有梟與鳩的對話，二者皆寄寓作者對人世的觀察，並表達對庸俗者（甲文的「鴟」）、怯於改變者（乙文的「梟」）的諷諭。

(E) 甲文的「鴟」目光短淺之處在於敝帚自珍，以小人之心，度君子之腹，不能理解鵷鶵的堅持，就像燕雀難知鴻鵠之志。選項敘述符合。但乙文的「鳩」則是能看清事實本質的人，並非目光短淺之人，與選項敘述並不相符。

☆ 4-5：甲為「悲秋」之詞：以蕭索的秋景，引發哀傷的愁緒。上片情景交融，隨著時光流逝而「憔悴」的，不只荷花，還有因思慕而傷懷的人。下片集中寫人，「細雨」、「夢回」、「小樓」、「寒」等字眼，鋪陳淒清的場景。滿懷愁緒難以排遣，倚欄遠望，也只是更加感傷的徒勞之舉罷了。乙為「傷春」之詞：以花落、燕歸描寫時間的流逝，觸動體悟與感懷。上片先寫景物依舊，而時光無情。下片進一步抒寫舊日情景難再的所思所感，並以獨自徘徊的行動表達悵惘之情。

4. 答案：(A)。

(A)「菡萏」即荷花，故「西風愁起綠波間」描述秋天的荷花「香銷翠葉殘」，並藉此寄寓愁緒。

(B)「不堪看」意謂不忍細看。由前句「還與韶光共憔悴」可知，此處「不堪看」是指眼前所見的殘缺之景，讓人不忍卒睹。

(C) 與前句敘寫當下的「一曲新詞酒一杯」對比，「去年天氣舊亭臺」把時間拉到過去，懷想去年同樣季節、同樣在此亭臺發生之事，並非指亭臺受到去年天氣影響而老舊斑駁。

(D) 承前二句「花落去」、「燕歸來」的自然現象，讓作者在開滿花兒、香味撲鼻的小路上獨自徘徊，品味著淡淡的悵惘。「獨徘徊」的是作者，並非歸燕。

5. 答案：(D)。

(A) 甲詞以凋殘的秋景抒情；乙詞則藉「無可奈何」的落花、「似曾相識」的歸燕，表達對時光流逝的感懷。二者皆呈顯

惆悵思緒，但都敘寫現實情景，並非迷離的夢中世界。

(B) 二者皆有強烈的哀傷情感，但甲詞悲秋，乙詞傷春。

(C) 甲詞中寫到荷花形殘味散，感歎過去美好的時光「已經」消逝，並非眼前的歡樂「即將」結束。

(D) 春景雖好，但花終會凋落，令人感到無可奈何；燕子冬去春來，即使似曾相識，舊日的一切卻已不會再重來。「花落燕歸」皆因時間流動而發生，可藉以表達對時光流逝的感思。

☆ 6-7：甲文寫眾人渡江之時，有「金甲神」站在雲中，手持金牌寫「孫必振」三個字，眾人怕被孫必振連累，將他趕到另一艘小船。沒想到遭受天譴的是孫必振以外的眾人，大船頃刻翻覆。乙文寫輕佻男子以高梁莖假裝上吊自殺，想博少婦一笑。少婦果然因此笑了，朋友也興致熱烈，但男子卻就這樣上吊而死。

6. 答案：(C)。

(A) 甲文的人物性格不鮮明，並非特色。

(B) 二文的對話比例皆不高，也不影響故事的主要脈絡。

(C) 二文均有特別的情節，結局也都出人意表。

(D) 二文對場景都沒有明顯著墨。

7. 答案：(B)。

(A) 由「孫尚無言，眾不待其肯可」可知，眾人沒等到孫必振回話，就把他推到小船上，人情十分涼薄。

(B) 人們以為孫必振要受天譴，擔心自己被拖累而趕走他，其實是眾人有罪，天神只打算救孫必振。且由眾人為求自保，竟一起迫害他人，這種行為正應該遭受天譴。故甲段明顯展現反諷性效果。

(C) 男子與朋友只是為了無聊的事下賭注，並非信守承諾。

(D) 乙文情節應是「由喜而悲」，沒想到只因態度輕佻，卻引發了不可測度的後果。

參、解題聚焦

一、詞語運用

(一) 字詞選擇

範例 1─選擇正確字詞（第131頁到第132頁）

1. 答案：(A)。
就「樂生院」的相關問題，內政部既身為主管機關，自然「責無旁貸」（自己應盡的責任，沒有理由推卸），語氣上的「當然」強調應負的責任，故 (A)(B) 可選。處理「保存價值的歷史遺產」，如題文後半所述，必須有更縝密的作法，「依法行政」指依據法律施行政令，並不適切。接著回溯「文資法」的修訂「是將原先只屬於中央政府的權力釋放出來」，故「不是為了限制內政部指定古蹟的權力」之前應接「從來」，而非轉折性的「反而」，故答案為 (A)。最後以「權責」檢驗：「將只屬於中央政府的權力釋放出來」，地方政府自然有更多「權責」（職權和責任）而非自由，可確認 (A) 為正解。

2. 答案：(A)。
題文敘述傳說的「生長」會「越滾越大」，從「母題」擴展為一個故事的樣子。第一個空格先從大眾的散布傳遞開始，(A)(B)(D) 可選。其後經過平話家的表演，「敷演」（即表演）、「扮演」皆可，「演義」（詳細敘述道理事實）不適切，(A)(B) 可選。戲曲家調整的是結構，故整體刪減的「剪裁」（文學創作過程中，刪除繁蕪、留存精要的寫作技巧）較字句上的「推敲」（引喻為思慮斟酌）佳，答案為 (A)。最後經小說家將故事「修飾」得更完整清楚來檢視，符合文意邏輯，可確定為正解。

3. 答案：(D)。
選文一開始尚未知曉事件發展，交代背景：在「光天化日」下，「歹徒竟公然持刀搶劫」，因此空格處接所有人都睜大眼睛注視的「眾目睽睽」才合宜，「千夫所指」指被眾人所指責，形容觸犯眾怒。運用「光

天化日」、「眾目睽睽」兩個形容詞，強調背景為大白天的公開場合，(C)(D) 可選。接著描述警騎的行動：由刑警「閃過歹徒襲擊」的敘述可知應用「眼明手快」，強調其身手。「有板有眼」是唱戲或唱歌合乎拍節板眼，形容人的言語行事清晰有條理，但並不適用於這種緊張混亂的場面。最後描述眾人對此一事件的反應：「人心大快」是所行之事使人心裡非常痛快，最為適切；「大謬不然」指行為大錯、荒謬，與事實完全不符。綜合前文，應選擇「人心大快」。故答案為 (D)。

4. 答案：(D)。

由後文的「莫衷一是」（指出每個人各有各的說法，沒有定論）可知，大家對作者是誰看法不一，應用「議論紛紛」（不停的揣測、討論）、「言人人殊」（各人所言不同）或「眾說紛紜」（各式各樣的說法紛亂不一致），「眾口鑠金」意指眾人積非成是，(A)(B)(D) 可選。再由「卻都……加以推崇，毫無爭議」可知，大家對於作品的文學性一致認同，可用「有志一同」或「異口同聲」，「七嘴八舌」形容人多口雜，議論紛亂的樣子，(B)(D) 可選。（丙）形容角色刻畫，可用「唯妙唯肖」、「栩栩如生」，(B)(D) 皆是。「井然有序」指條理分明而有秩序。最後要描述情節發展，以 (D)「千迴百折」形容情節跌宕起伏最適切，「千錘百鍊」比喻文章多次潤飾或人生歷經磨鍊。故答案為 (D)。

範例 2─選出精彩字詞 （第133頁到第136頁）

1. 答案：(B)。

甲文的淚水還在眼中藏著，故應是「滾燙」的淚水，而非流淌而下的「潸潸」，應選 (A)(B)。乙文用相似的句型、相對的概念思考：相機「多情」，故「留影」，那麼鏡子「無心」，應是「健忘」，可知答案為 (B)。再以丙文檢驗：由「飢火如焚」逆推，以「發燒」形容肚裡的感受，前後邏輯才連貫，可確認 (B) 為正解。

2. 答案：(D)。

（甲）作者用「大地的調息」來比喻驅走夜霧的清晨時光，「氤氳吞吐」比「蒼茫游移」更能表現「調息」的狀態，可選出(C)(D)。（乙）文先設定為沙丘高處，又可遠眺月牙泉，可推測應位於沙漠地區，「鳴沙」或「雁啼」都有可能。但再從後文描繪的「細微叮嚀」、「頌讚」「心情獨白」，可知並非高亮悲哭的雁啼聲，而是沙子被風吹動發出的低鳴聲，與沙漠的設定也能呼應得更精準，可知答案為 (D)。再以（丙）檢驗：形容樹叢用「傲視群倫」，一方面呼應文中國祥預測：「會超過你園中其他的樹」，也順接其後「成為我花園中的地標」且「傲視群倫」與一開始的「三株幼苗」相較，對比更鮮明。

3. 答案：(D)。

甲文描述的是浪花拍擊船頭的情狀，如千軍萬馬的浪花仍在船前，可見並未如灰、如煙消逝，而只是「崩落坍塌」，並可與前一句「船頭破浪高仰」相呼應，故應選 (C)(D)。乙文寫颱風來時的駭浪，應是「狂亂」而非「有致」（描述有條有理的狀態），且既是描繪驟雨狂下時候的浪沫，「狂飛八方」更切合文中情境，答案為 (D)。最後由丙檢驗：描述寡言的父親，且用「巨流河沖進了啞口海」的意象來雙關聲音的消逝，用「銷聲匿跡」較佳，又可順接其後的「發不出怒濤的聲音」。「江河日下」用來比喻境況日漸衰微，一天不如一天，與整段文字的意象並不相關。可確認 (D) 為正解。

4. 答案：(C)。

作者用「煮得發沸」來形容蛙聲，「乾號」比「幽鳴」（微弱的聲音）更傳神地表現出蛙群的齊聲鳴叫，且「乾」字將「火煮」的狀態描摹得更形象化。應選 (C)(D)。接著寫螢火優游來去，由後文「一點螢火忽明」、「像夏夜的一隻微綠的小眼睛」的外形來看，「星」比「片」更適合描述螢火點點散落的光，答案應為 (C)。最後，要表現出螢的優游，漫無目的地「漂浮」

會比有意的「逡巡」（人或動物有所顧慮徘徊不前的樣子）更能呈現螢火蟲飛行時的輕簡自然，可確認 (C) 為正解。

5. 答案：(C)。

本題看似跳出詞語範疇，選項文句又為文言，但並不會難以理解或判讀，只要讀懂篇章意涵，就能選出正確答案。（甲）文說明兄弟姊妹在「姆媽」過世後，感情不如以往的悵然心情。在填空句後有「行之之難」，可見前句應是說明心境的開闊或轉變，(C)(D) 可選。（乙）文評論顏真卿的字可以看到戰亂中生命一絲不苟的端正，其後「歷史的莊嚴」仍沿續戰亂感受的抒寫，故「造次必於是、顛沛必於是」最能扣合這樣的情境呈現，答案為 (C)。造次顛沛：指倉促不安定的時候。

6. 答案：(A)。

甲：主體是以山谷擬人，推開了燠熱的晚雲與水氣，恢復山間的日常之景，暮色掩至，鳥聲與蟬聲應是緩緩上升浮現，比驟然飛躍騰起更符合全文以噪寫靜的鋪陳，應選 (A)(C)。乙寫螢光繁華鼎盛，冷光變得有聲，又末句期待沉幽，可知一路都用「喧嘩」來比擬流螢汛起的盛況，答案為 (A)。最後用丙來檢驗：文中寫行駛在兩山相夾的公路上，作者以鷹自喻，從車上看兩旁靜定的山脈正如伸展雙翼，擎舉著寶藍天空，故「托舉」更貼切文中語境。可確認 (A) 為正解。

7. 答案：(A)。

（甲）文描述激湍的河面上有「白光」、「很像是球」，「浮滾」的動態才能切合「球」的樣貌，也更能帶出下一句競速賽跑的激烈，應選 (A)(C)。（乙）文說明思念即將潰堤，表示已漲滿到相當程度，「沖刷」是經年累月堆疊的，「洶湧」更能表現思念的強勁、兇猛，像一波波襲來的浪濤，(A) 應為正解。（丙）文中的「獨自」、「四顧茫茫」，可知「我」的情緒基調是悲傷、沉重的，自然是「蕭索」而非「悠然」地與山巒煙嵐對望，可確認答案為 (A)。

8. 答案：(C)。

第一句先定調廢墟可溝通古代與現代，就像使節一般，是經過歷史君王挑選派出的，選項 (A)「流連盤桓」並不合適。第二句說明廢墟是「祖輩曾經發動過的壯舉」，既是「壯舉」，用「挑剔和篩選」並不相關。第三句先否定，認為「碎成齏粉的遺址」不是廢墟，故下一句所具備的條件應與「破碎」相對，「強勁的韌帶」合理。最後一句提及廢墟有「提供破讀的可能」、「散發著⋯⋯磁力」，應指廢墟吸引人，而非讓人「團結和凝聚」。重新檢視選項後，可知其他空格的正答其實就在各個選項中：經過君王的「挑剔跟篩選」、會聚著當時當地的「團結和凝聚」、散發著讓人「流連盤桓」的磁力。

9. 答案：(A)。

先看甲：文章一開始就說到「清光四射，天空皎潔」，可知最適切的是 (A)。(B) 描述「暮色」、(D)「風雲開闔，山岳潛形」極力形容氣候變化之大，二者情境皆不相符。而引發坐客悄然情思的景象，文末又有「助我淒涼」之語，亦非 (C)「戲蝶、撲螢」的歡樂樣態。再用乙檢查：用「幽絕」來形容，同時使人感知「淒涼」情緒的景象描摹，是四野無聲的靜寂裡，微微聞聽遠方犬吠之聲，在以聲寫靜的背景下，月光篩落，影子相雜，前後文句都與文境嵌合，可確認 (A) 為正解。

(二) 文句排序

範例 1 — 白話 （第137頁到第139頁）

1.答案：(D)。

觀察前半題文：「『愈是』靈心善感的詩人，『愈是』技巧高妙的詩人」可看出「愈是⋯⋯愈是⋯⋯」的句式，以下應接「愈⋯⋯」，故為丁、戊，可選出 (C)(D)。由語意判斷，應是先「戊、他的作品節奏愈自然」，後「丁、也愈能引發讀者的共鳴」。再看後半題文「但也不必故意避免用韻」逆推，可知前應接「乙、不必勉強押韻」，答案為 (D)。觀察備選文句可推知，本段前半說明詩人以靈心善感來感動

讀者，先談 (戊)「詩人作品節奏愈自然」，再接（丁）「愈能引發共鳴」。後半上承「節奏自然」一詞，進一步討論押韻的功能意義，故先說（丙）「形式上有韻與否」，接（甲）「悉聽自然」，再接（乙）「不必勉強押韻」，最後一句接「但也不必故意避免用韻」。可確認 (D) 為正解。

2. 答案：(B)。

觀察題文與備選文句可知，這段文字先描述了雨天路人等待的情景，而路人之中有許多人在等著計程車。其後的備選文句全都在描寫路人搶搭計程車的狀態，而最後則寫搭上車的人幸運離去。由後半題文「那些人臉上有強勝弱敗的神色」、「融入車海」逆推，「那些人」應是丁「令人羨慕的幸運之手」，(A)(B) 可選。再依時間、情節發展，應是車子出現後，眾人湧上，有人握住車門，可依次排出戊→丙→甲的順序。而最後握住車門的手，自然是丁，故答案為 (B)。

3. 答案：(D)。

觀察前、後題文與備選文句，可先考慮丁「……只消在心頭種上一株植物」，可接後半題文「就會……」，且「我想當我離開嘉義時」中的「離開」亦可與「遙想起整個南方……」的「遙想」相接，故丁排最末，(A)(D) 可選。考慮題文前半「我這個暗光鳥，如此近距離的觀看暗光鳥：黑冠麻鷺、蜥蜴、大蜘蛛」一句，後順承說明「大蜘蛛」，故接戊「大蜘蛛編織著巨網」，再接丙「植物園裡的牠」即指大蜘蛛，答案為 (D)。再從大蜘蛛回顧自己：甲、「而我」在初春裡，南方佳木之城，續接乙「彷彿也有了坐擁山林的丘壑之心」。最後是「丁」，順接後半題文，可確認 (D) 為正解。

4. 答案：(A)。

綜合題文與備選文句，可看出此段文字描寫港灣邊對峙的兩座小丘，在風雨肆虐中與風雨散去後的景象。觀察後半題文首句「是搧著神經質的尖長羽翼的小燕鷗群」，往前逆推必為名詞或名詞詞組，故為甲句「伴隨船尾翻騰灰色浪沫」，(A)(C) 可選。再看乙句「為了取暖而互相移近一點」與丙句「又把岬角對立的小丘推開了一些」，對照之後可發現乙句顯然是描寫風暴中的感受，而丙句則是丁句「雨雲稀散」後的情境。可知此三句先後順序必然是乙→丁→丙，僅 (A) 的順序正確。最後檢驗：丙句「把岬角對立的小丘推開了一些」，後可接戊句「正好容納一艘巨大的黑色島嶼般的商船緩緩駛過」。戊句帶出「商船」，才能有甲句的「船尾」，而順接末句「船後」。可確認 (A) 為正解。

5. 答案：(C)。

題文先說「真個光陰迅速」，觀察備選文句，應接戊句「不覺七七四十九日」，故 (C)(D) 可選。再依邏輯推測：先是老君丹爐火候到了，才能開爐取丹。故先甲句再接丁句，答案應為 (C)。整段情節為：老君開爐取丹之際，爐中的大聖先聽到開爐頭的聲音，接著睜眼看見光明，然後跳出丹爐。故其後應為己→乙→丙。可確認 (C) 為正解。

6. 答案：(C)。

觀察題目與備選文句，可大略推出：「到了某一關頭」，就會發生某些事情、導致某種結果的情境。比對備選文句，可知應為遭逢「走火入魔」之劫後，導致「成了廢人」、「重則斃命」、「輕則半身不遂」等輕重不同的結果，應為 (C) 或 (D)。相較於「斃命」，「成了廢人」、「半身不遂」至少活下來了，屬較「輕」的後果，故甲、丙一組，且「成了廢人」應在「輕則半身不遂」之後，先丙後甲，可知丁之後應接：乙→丙→甲，答案為 (C)。

7. 答案：(B)。

題文前句說「千百年後凝視王羲之的〈蘭亭序〉」，接「仍然可以感受……」較為合理，如接「永和九年歲在癸丑」語氣過於突兀，故可選出 (A)(B)。再觀察備選文句，主要在描寫「永字」頂上一點，依序應是：先戊、毛筆「凌空」，再甲、「碰到紙上的纖維……」，乙、丙，都已是毛

筆在紙上的滑行動作，可知答案為(B)。後以毛筆的筆法檢驗：先是丙、「向右下沉去」、「力道隱含未盡」，最後收筆是乙、「繼續向左緩緩推出」，可確認(B)為正解。

範例2—文言（第140頁到第141頁）

1. 答案：(C)。

先看前半題文為「古者諫無官」，以下應補敘「無諫官」的情形，故接丙「自公卿大夫，至於工商，無不得諫者」，人人可諫，可選出(C)(D)。再看後半題文為「專利國家，而不為身謀」，以「國家」的利益為先，「自身」的利益在後，有先後之別，逆推丁：「志其大，舍其細，先其急，後其緩」說明諫官要能判斷輕重緩急。綜合題文與備選文句，可知本段文意在說明：古時本無諫官，大家都能對君上提出諫言（即丙），後來才設置諫官（即甲），任重而道遠，一心為國、不為己謀。以甲「始置官」起頭，以下應觸及諫官的種種討論：先述諫官的工作內涵（即戊「得失利病，萃於一官」），因此責任十分重大（即乙「其為任亦重矣」），再接丁，最後順接後半題文。故(C)為正解。

2. 答案：(B)。

綜合題文與備選文句，可推知此段文字在討論內外相感產生的嗟怨之情。觀察備選文句，乙「秋士悲於心」、丁「擣衣感於外」句式相類，又分別說明內、外，而甲則說「內外相感」，可知乙丁相接，而甲可能在乙丁之前總說，或在乙丁之後總結。故可能為甲→乙→丁，或乙→丁→甲，(A)(C)(D)皆不符合，答案為(B)。先「悲於心」、又「感於外」，再因「內外相感」而生悲愁，最後接丙「哀怨生焉」。以上皆為「有感」之狀，最後接末句題文，從反面寫及若「無感」，就無嗟怨了。本文評論〈擣衣〉一詩，文辭清新，情意婉約，足以引人萌生悲感。這是因為秋天時，讀書人心中懷抱悲愁，聽聞外來的擣衣聲而有所觸動，哀怨之情就此萌生。若讀書人心中本無感觸，又有什麼可嗟嘆哀怨的呢？

3. 答案：(C)。

前半題文先說《大學》是古代太學用來教學的大綱、方法。「蓋自天降生民」以下，考慮備選文句：甲句「然」字有轉折意味、丁句「一有」語氣假設、戊的「是以」為連接詞——皆不可能承接，只可能接乙或丙，可選出(B)(C)。再細究文意，「天降生民」應接丙、「則既莫不與之以仁義禮智之性矣」，意謂生民皆有仁義禮智之性；而丁、「一有聰明睿智能盡其性者出於其間」，之後才接乙、「則天必命之以為億兆之君師」，答案為(C)。本文出自朱熹〈大學章句序〉。說明上天誕育萬民，讓萬民都具備仁義禮智之性，然而各人的氣質不同，未必皆能明白自身稟賦。這時，若有聰明睿智而能完全實踐仁義禮智的人，那麼上天便會賦予他成為領袖、成為師表的使命。由他治理、教化眾人，讓萬民能明瞭、實踐仁義禮智之性。

4. 答案：(D)。

綜覽題文與備選文句，可大略得知本題旨在說明人心的狀態，並以水的清濁為喻。觀察備選文句：甲、乙皆有動作，丁、戊皆為狀態，且句意對比而句式相似。檢視前半題文「人心譬如槃水」，其後應敘述做了什麼事、應該會如何。兩種狀況：若乙「正錯勿動」，把盤中的水端正放好，正常狀況應是清在上、濁在下，接戊、「湛濁在下，清明在上」；若甲「風吹動」，水被攪亂，則接丁、「濁動乎下，清亂於上」。乙戊一組、甲丁一組，(A)(C)(D)可選。再比較丙、「則足以……」與後半題文首句「則不得已……」亦為對比狀態，可知一為動、一為勿動，而丙、「見鬚眉而察理」應是清明勿動之狀，「不可以得大形之正」應是濁亂之狀，可知丙與乙、戊一組，而甲丁接末句，答案為(D)。本文選自《荀子·解蔽》，說明人心之中那些危疑不定、隱微的意念，只有心智清明的君子才能明辨，所以人心就像裝在盤中的水，端正放好不去動它，雜質沉澱在下，

清澈乾淨的水在上，能清楚照見鬍鬚、眉毛，乃至肌膚紋理。但若微風吹過，沉澱的雜質就會從下面開始擾動，而上面清澈乾淨的水也就被攪亂，就無法看清了。

5. 答案：(B)。
由「楚文王少時好獵」的背景，加上「有一人獻一鷹」的狀況，後必接楚王見鷹的反應或場景，應為丁，故可選出 (B)(D)。觀察 (B)(D) 後都接甲，考慮「獵於雲夢」的背景，而乙「無搏噬之志」、戊「爭噬競搏」，加上後半題文的獻者之言，可推知主要情節應是：其餘鳥類爭相表現，而鷹無甚作為，故楚王質問獻鷹者，最後接獻者的回覆，因此甲之後可接乙或戊，最後是丙，則可順接獻者之答，故正解為 (B)。

6. 答案：(D)。
綜觀題文與備選文句，可知全文以善攻者、善守者展開對比論述。題文前半指出「善攻者不盡兵以攻」，對比之下，則「善守者」當為「不盡兵以守」，可選出 (C)(D)。再由後半題文檢驗：「守敵所不攻」，逆推前句應為丙「故攻敵所不守」，可知答案為 (D)。再以其餘檢驗：乙句有發語詞「夫」字，且「盡兵以攻堅城」為不善攻者之所為，而甲句「盡兵以守敵衝」為不善守者之所為，故甲乙相連，且先乙後甲，可確認 (D) 為正解。

二、新詩讀賞

(一) 詩的意象（第143頁）

1. 答案：(A)。
由「尾端」、「發光」，可知所詠對象是螢火蟲。
(A) 掌握「熠熠」、「拽火」的發光特徵，再由生活環境在「池塘竹樹邊」，可知描述的是螢火蟲。
(B) 由「粉翅」、「繞砌」、「飛入花中」等描述，可知是蝴蝶翩翩飛舞的樣態。
(C) 從「露」、聲聲相接的「清音」可知主題為蟬，描繪蟬聲高亮、聽似相連成一片的夏日即景。

(D) 從內容提示名中有「牛」，但是天性卻會傷害農稼，可知所述應是「天牛」。

2. 答案：(B)。
依題幹「由脆弱逐漸增強」的指示，考慮「煙」比「雨絲」更容易即時消散，應置於開頭，(B)(C) 可選。而最後要接續「一隻甲蟲堅持的」，故「觸角」必置於最後，答案為 (B)。檢視其餘由弱至強的順序：雨絲→柳條→蘆葦稈→觸角，可確認 (B) 為正解。

3. 答案：(A)。
甲：蚊子符合「咬」或「咬出血」，但與「秋天」、「霜齒」則缺乏連結。而楓葉外型如同手掌，正好在秋天轉紅，即所謂「咬出一掌血」，加上葉緣為鋸齒狀，正與「霜齒」相符，可選出 (A)(C)。乙：電視會發散出「唇槍舌劍、竊竊私語、口沫橫飛、滔滔不絕」等聲音，但並非「從開始就聽」。「多聞」強調「聽」的作用，因此應是電話而非電視。可知答案為 (A)。再以丙檢驗：先點出活動的時間多半在夜晚，再寫耳邊嗡嗡飛鳴的惱人聲音，可確認 (A) 為正解。

(二) 詩的用字與排序（第145頁到第146頁）

1. 答案：(A)。
甲：月亮把春天的香氣帶走了，故「翻過」（已離開）比「駐足」（停留）適切。可選出(A)或(B)。乙：將鳥聲比喻成密密雨點，又強調有聲音在鬼面瓦上回響，若用「流淌」只是表現流動的樣子，「滴落」才會產生一點一點敲擊在瓦面上的聲音，可知答案為(A)。再用丙檢驗：雨天時，屋頂漏水逼著人不得不去正視窘迫的處境，然而這問題在晴天時不會被注意到，因此並非持續著的「記錄」，而只是落雨時「彈唱」的漏水聲。同時，輕快彈唱與沉重現狀的反差，讓困窮的現況更尖銳地被凸顯出來。可確認(A)為正解。

2. 答案：(D)。
甲：由「一壺」、「注入」與「杯」等字，暗示全詩以「酒」為譬喻主體；而酒是用「釀」的，因此「釀」比「灑」更符合整首詩的意象。詩句運用虛實互換的手法，用帶回家的「一筐星子」，像釀酒般「釀」出一壺「斑斕的夜」，讓對方在無星可看的寂寞時節，倒出來就可看見星光燦爛。可先選出 (C)(D)。乙：列車持續前進，站名才會「正逐一倒退」。「噬」為吞、咬、吃的意思，「舐」是用舌頭舔東西，遠方綿延的黑夜被形容成咽喉，列車一站一站地進入咽喉，用整個吞沒的「噬」字比只舐過表面的「舐」更能準確又傳神地表達出一點一點被黑夜吞沒的樣態。答案為(D)。最後用丙來檢驗：濤聲中傳遞了海的氣息，用「滲」表示鹽味是從外到裡沁入其中，而「抹」卻只有表面一層，「滲」著鹽味意謂濤聲充滿著海的氣息。可確認(D) 為正解。

3. 答案：(B)。
第一句言及燈下讀書，忍對一夜的「黑暗」或「寂寞」都有可能。接著「僅僅隔一層窗，薄薄的紙」往前呼應第一句「夜漸漸地冷了」，往後呼應書中的字句是「生生不息的宇宙／有熱，有光」，故第二格所「忍受」的可確認為「寒意」，應選 (B)或 (D)。最後，在這樣沉寂的夜裡聽到呼喚，「我」必然想追尋聲音來源，故用「推窗而去」，答案為 (B)。「乘風歸去」出自蘇軾〈水調歌頭〉：「我欲乘風歸去，唯恐瓊樓玉宇，高處不勝寒。」，雖前有「我欲」二字，但仔細閱讀文本，找不到其他能相應的部分，且第一段已經提及「隔了一層窗」，最後「推窗出去」更能首尾銜接。

4. 答案：(D)。
前半題文敘及「怕遺忘的」、「怕被偷窺到的」以及「怕無端受損的」，都好好收藏起來。再觀察備選文句，丁句出現「連帶」一詞，前面必然要連接另一個動作，故甲丁相連，且先甲後丁，可選出(A)(B)

(D)。進一步分析其中為丙甲丁或甲丁丙：甲句說「也把它遺忘」，遺忘的對象為何呢？仔細比對，丙、「把隱藏的這件心事本身」可與甲、「也把它遺忘」相連，先丙後甲，且剛好照應詩的首句「怕遺忘的心事」，順序為丙→甲→丁，可推知為(B)或(D)。最後由前半題文「安心地」來推敲：若接乙、「甚麼文件或紀念品」→丙、「把隱藏的這件心事本身」不知所云；若接丙、「把隱藏的這件心事本身」→甲、「也把它遺忘」，可知「安心地」副詞語尾修飾甲的動作「把他遺忘」，可知答案為(D)。

5. 答案：(B)。
綜合首尾題文、備選詩句可推知：作者要帶父親的骨灰回宜蘭，所以會有「替老人家扣了安全帶，他沒說太緊」、「今天父親不再咳嗽，比往常沉默」等描寫。甲句中「每遇到大轉彎就覺得父親要離我而去」則反映台灣民間信仰中，迎接亡者返回家中時，過橋或轉彎時，都要高聲提醒亡者，免得亡者魂靈迷路的習俗。前半題文末句說「我是鮭魚」，應接丙「骨灰罈子裡的父親，他也是鮭魚」，可選出 (A)(B)。兩條鮭魚返鄉，依文意發展，其後應接甲「我們一道游向宜蘭老家歸去……」，答案為 (B)。甲句後半「每遇到大轉彎就覺得父親要離我而去」，擔心父親遠離，故開車時會「側頭看看他／父親的回眸是大理石罈蓋潑過來的月光」，再順著月光的描寫，接丁「銀色的世界……」，提及時間是「公雞未啼的凌晨」，正好順接後半題文首句「而此刻正是……」，可確認(B) 為正解。

(三) 詩的意旨與鑑賞

範例 1—分行詩 （第149頁到第152頁）

1. 答案：(C)。
〈椅子和我〉先將椅子擬人化，說他「獨自坐著」，而我在一旁，無事可做，其實椅子與我都是孤獨的，只能一起感受「時間慢慢走過」。〈蘆葦〉一則中，想像蘆葦在風中搖晃是在沉思；「沉思」是深思，

「沉思者」往往沉浸在個人的世界裡，不理會外在其他人事物；「越搖越白」則點出隨著時間流逝，蘆葦仍然獨自沉思著。〈我想到的〉以「擬物」的手法，把自己想像成寒夜裡的一個「發光體」，而「我想到的每一個字」都掛在天上，成為「寒夜裡的星星」，意謂無人可訴、無人能懂的孤獨。三篇作品都藉由物（〈蘆葦〉）、我（〈我想到的〉）的視角，或物與我（〈椅子與我〉）的相互凝視，表現無人理解或陪伴的感受，寫出時間流動中的孤獨，故正答為 (C)。

2. **答案：(A)(E)。**
   宋江是《水滸傳》人物，外號正是題目〈及時雨〉。本詩以宋江的豪邁形象聯想，描繪一場烏雲、谷水、閃電、雷雨俱集的「及時雨」。

   (A) 整片天空是「滿江濃墨」，到「我家窗前」仍是「烏雲洶湧」。「奔騰在宣紙下端的／萬匹黑馬」承接前述的烏雲密佈之狀，萬匹黑馬仍聚集在天上。「下凡」指神仙下降塵世，故「遲遲不肯下凡」意謂雨一直未降，始終不落。

   (B) 「水龍頭們在我洗澡的當頭忽然／氣喘」是因為「新店溪的血壓正低」，指新店溪因久未降雨而水位低，造成水流不穩定，與水龍頭故障、水管壁發出異聲都無關。

   (C) 由詩末「窗外千里之遠的山上馬蹄雷動／瞬間便殺到我浴室的窗前」可知，直到最後，先前「遲遲不肯下凡」的黑馬才終於殺來，意即總算降雨，因而此時尚未降雨，不可能有「天降甘霖」的報導。「青潭直潭翡翠谷」是台北市重要水源翡翠水庫的集水區，「今天都坐在報紙上飛進屋來」表示報紙報導了相關消息。若依前述遲未下雨、最後降雨被稱為「及時雨」，可見這場雨已經讓大家苦候許久，因而報紙應是報導水位降低的消息。

   (D) 接續前文的「烏雲」、但尚未「降雨」，

可知並非「雨過天青」，更不可能出現彩虹。再由「一道金鞭」、「猛地」、「抽了一下」等敘述，可推知描述主體力道強勁，而「金鞭」、「抽了一下眼睛」可推知有金光閃過，綜合各種情境與條件，應指「閃電」。

   (E) 承首段「黑馬不肯下凡」到此，可知「窗外千里之遠的山上馬蹄雷動／瞬間便殺到我浴室的窗前」意謂終於降雨了。「宋江」領頭，其名與外號均可雙關當下情景，而詩句皆使用飛奔豪邁的語言敘寫，且以「哎呀！好個宋江」收尾，再次點題。

3. **答案：(B)(C)(E)。**

   (A) 李白的〈聽蜀僧濬彈琴〉，寫蜀僧「為我」彈琴，「我」即是「客」，融合主觀與客觀的視角，寫出琴音高蹈、餘響不已的感動。洛夫的詩則採「客心洗流水」一句，從「客」（即李白）的視角來寫詩，「空酒罈」、「流放夜郎」、「豪情」、「煉丹」、「響亮的詩句」、「酒與月亮」均為李白史事。因此，洛夫詩的「客」及「他」，即李白詩的「我」或「客」，並非「蜀僧濬」。

   (B) 以「廊下羅列的空酒罈」描述「寂寂」的心情，之所以羅列空酒罈，表示飲酒頗多；而由下文「流放夜郎的不甘不快」推知可能是因為「懷才不遇」才會苦悶飲酒。

   (C) 「不覺碧山暮，秋雲暗幾重」寫聽琴之陶醉，「不覺」已到傍晚；「霜飛髮揚」指年紀老大，表現生命的流逝。二者均有對時間的感懷。

   (D) 「客心洗流水」意味高山流水之琴音滌淨我心；「水盆風波不息」則描述此後際遇波折、心情紛亂，兩者不同。選項中「形容心情的洶湧紛亂」的敘述僅適用於後者。

   (E) 洛夫摘取「客心洗流水，餘響入霜鐘」兩句為詩，以「流放夜郎」、「煉丹」、「響亮的詩句」等事呈現李白的生命

際遇，再以「入世出世豈在酒與月亮之辨」、「鐘聲裡找到赤裸的自己」呈現波折後的體悟，選項敘述正確。

4.答案：(B)(C)(D)(E)。
- (A) 由下文「曾綠過葉、開過花、結過果」可知並未歉收，此處應是描寫農作物收成後的景象。
- (B) 「也不是不溫暖」表示仍達生存底線，但「不怎麼溫暖」卻是沒有得到多餘的照拂，「關懷不夠充分」的解讀合理。
- (C) 「田野」和「庭院」均是農村景象，「被遺棄」、「破落」皆暗示農村的沒落。
- (D) 「綠過葉、開過花、結過果」是植物成長明顯的階段或指有所收穫的時期，可用來表示榮景。
- (E) 「一束稻草的過程和終局／是吾鄉人人的年譜」，「人人的年譜」意謂老農與農村同樣都曾經繁華輝煌，而後破敗沒落，卻也都無法逃避這樣的宿命。選項敘述正確。

5. 答案：(A)(B)(E)。
- (A) 鐘是「謙虛」的，而「虛」有「空」的意思，故可用以形容鐘的中空，選項敘述合理。
- (B) 夕陽沉落海面時，隨著波浪起伏，就像在波浪上彈跳一般，表現出空間動感。選項敘述合理。
- (C) 日全蝕應是大地一片黑的荒涼景象，不可能出現「燦爛」的情景。此處從顏色、景象可知應是描述晚霞滿天的落日之美。
- (D) 「白蛇似的小溪」描寫的主體是小溪，下雨時水流蜿蜒似白蛇。此處的白蛇只是譬喻，並非實指。
- (E) 「印刷了半世紀」表示歷時已久，「那條船」表示持續關注的對象，而「老婦人坐在門前」，眼裡的那張「帆」，就是「再不曾踩上來」的那條船，「日日糾纏著遠方」意謂老婦人仍舊企盼遠方那條船出現，「等待遠方未歸人的執著」敘述正確。

6. 答案：(B)(C)(D)(E)。
- (A) 甲以「憂傷」描述除濕機、乙的立可白塗抹寫成「用微笑掩蓋」、丙用「擁抱後的溫柔」寫暖暖包、丁以「守護」描述登山鞋的作用，都詠物而帶有人的感情特色，故皆為「以物擬人」，並非「以人擬物」。
- (B) 除濕機聚「潮濕」之氣為水，正像人「憂傷」時落淚，因此將「潮溼的憂傷」「一點，一滴，收藏」可雙關除濕機與淚水的樣態。
- (C) 立可白的塗抹，就是要修正錯誤。而面對過去的錯誤，不用淚水、沒有憤怒，而是「微笑」，可見展現了正向而積極的態度。
- (D) 暖暖包搓揉之後會發熱保溫，可以帶來溫暖，但當然有其時效性，即是所謂的「暫存技術」，選項敘述正確。
- (E) 「拱」有「幫助」之意，「拱你登上巔峰」指人踩著登山鞋，在它的保護下一步步登上巔峰，選項敘述正確。

7. 答案：(A)(D)(E)。
詩題為〈額紋──給媽媽〉，描述媽媽「在時光與家事不斷的洗染下」變老，而我卻是有了母親的撫育才能安然長大。
- (A) 母親的髮色因「時光與家事不斷的洗染」而變化，「時光」意謂母親隨著歲月年老，而「家事」即代表母親對家庭的付出。
- (B) 「髮浪後退」即是「髮線後退」，指頭髮變得稀疏，並非改留長髮。
- (C) 母親的額上曾經是「舒坦飽滿」的，曾幾何時，有了「一道一道深陷的紋理」。「我從那紋理中站立起來」意謂我是在母親額紋越來越深的辛勤撫育中，漸漸長大成人。「站立」並非「顫慄」，而是指「長大」。
- (D) 「我讀不完大地的包容與隱忍」把媽媽與大地類比，兩者皆無所保留地滋養生命，母愛的偉大，正像大地承載萬物般宏博無私。
- (E) 「玫瑰豔的清晨／到梅蕊香的黃昏」既

表現時間流逝，也可以代表母親的生命階段。「清晨的玫瑰」指年輕美麗，「黃昏的梅花」則是年老時的清雅衰微；「一如錯落的蘆葦」則是用來描述頭髮漸漸灰白，選項敘述正確。

範例 2—散文詩 （第153頁）

1. 答案：(C)。

「火一樣的太陽」照著長街，卻「靜悄悄少人行路」，帶出了靜寂的空間。詩的鏡頭最後落在老人身上，可見前述場景、氛圍，皆在烘托詩末孤苦的老人。

(A)「長街」、「破大門」、「低低土牆擋住了個彈三弦的人」、「老年人」的取鏡確是由遠到近，逐層推移，但城鎮略為荒涼，並未強調美麗，且此詩敘寫主體是孤苦的老人，並非城鎮。

(B)「綠茸茸」是「茂盛」之意，「閃閃的金光」暗承首段「火一樣的太陽」，是因為陽光浮動而閃金光，都是視覺摹寫，並非譬喻樂音。

(C) 老人身著「破衣裳」可知物質生活窮困，而「雙手抱著頭」、「不聲不響」的描寫，可知老人的精神狀態也不好，這些細節描寫可看出作者對人間疾苦的觀察。

(D) 彈三弦的人在「破大門裡」，老年人在「門外坐著」，兩者並非同一人。

2. 答案：(D)。

(A) 地圖是作者「不小心擊落」的，而後文敘述是作者的聯想，並非「幻象」。故作者煩躁不安的推論不成立。

(B)「散亂一地、姿態各異」的地圖集，應是表達人類對於世界的多樣詮釋，或地域與地域之間的紛亂、不和諧。選項「繽紛多彩」一詞無法從詩文中找到對應關係。

(C) 人類被倒出來之後，因「比例太小、比重太低」，就像「灰塵」一樣而已，可見「人類被倒出來的景象」在此強調人類與世界相比，實為非常微小的存在。而既然人類如此微小，「都被倒出來」與「國與國的界線」更無任何關聯。

(D) 由人類相對於世界小如沙塵的比例，可見這是依現實世界而設定的比例，亦即作者認為地圖是真實世界的縮影。

筆 記 欄

最新國文閱讀理解題庫◎大考國文應試必讀

讓考生擁有真正的理解，擺脫只求答案卻不求甚解的學習弊病。

本書特色

★臺灣大學中文系謝佩芬教授策畫、審定，解析大考國文閱讀理解題精神與趨勢。

★由現職高中國文名師作者群，爬梳十一年來（民國 98 年～ 108 年）學測、指考國文科試卷，從中精選三百餘道題目（含範例），整理為「大考趨勢」、「閱讀攻略」、「解題聚焦」三大部分，為師生建置面向完整的最新閱讀理解題庫。

★透過主軸明確的編排、集中火力的解析，讓這些題目不只是「考古」，還能提示應考準備的方向，讓考生從中得到新的啟發。解析精闢，易於理解吸收。

★近三百餘題類題，是學生考前最完整、最有效的練習，磨練國文閱讀理解能力，提升應試實戰力。練習後，面對大考國文選擇題，閱讀理解速度及答題正確度，必獲長足進步。

★本書對於每一道題目的精闢審題與解析，有助真正培養理解力、思辨力，讓學生不再視國文為畏途。擁有真正的理解，勝於「題目＋解答」的制式練習。

★解答本獨立裝訂，隨書附贈，供考生練習答題後參看。每一題不僅提供正確答案，更對選擇題的所有選項，一一加以分析說明，讓學生徹底了解該選項為何正確或錯誤，擺脫只求答案卻不求甚解的學習弊病。

出版：字畝文化
發行：遠足文化事業股份有限公司
地址：231 新北市新店區民權路 108-2 號 9 樓
電話：(02)2218-1417　傳真：(02)8667-1065
電子信箱：service@bookrep.com.tw
網址：www.bookrep.com.tw
郵撥帳號：19504465 遠足文化事業股份有限公司
客服專線：0800-221-029

00280

書號 XBLN4012
定價 280元（兩冊不分售）
EAN 978-986-5505-00-4

9 789865 505004